영혼의 일기

영혼의 일기

발행일 2021년 5월 24일

지은이 김은정
펴낸이 손형국
펴낸곳 (주)북랩
편집인 선일영
디자인 이현수, 한수희, 김윤주, 허지혜
마케팅 김회란, 박진관
출판등록 2004. 12. 1(제2012-000051호)
주소 서울특별시 금천구 가산디지털 1로 168, 우림라이온스밸리 B동 B113~114호, C동 B101호
홈페이지 www.book.co.kr
전화번호 (02)2026-5777
편집 정두철, 윤성아, 배진용, 김현아, 박준
제작 박기성, 황동현, 구성우, 권태련
팩스 (02)2026-5747

ISBN 979-11-6539-781-4 03810 (종이책) 979-11-6539-782-1 05810 (전자책)

영혼의 일기

김은정 에세이

하느님의 얼굴을 잃고 헤맨 시간….

북랩 book Lab

작가의 말

인생을 걷다 보면 나의 아집을 서서히 놓고, 하늘의 이치대로 살아가야 한다는 것을 깨달을 때가 많습니다. 내가 지금 발을 딛고 삶을 이어가는 것은, 가장 최선의 범위이고 최고로 타당하다고 여길 때도 많습니다.

인간은 사고의 능력을 지닌 신의 유일한 창조물입니다. 생각하는 사람이라서 번뇌와 고통 외에 여러 가지 갈등으로 삶이 얽히기도 합니다. 그리고 인간은 신의 선물인 소중한 영혼을 지니고 살아갑니다.

저는 세례를 받은 이후 하느님을 거의 잊어 본 적이 없습니다. 자연, 동물, 인간을 보면서 아름다움을 느낄 때도 있지만 증오와 분노가 끓어오를 때도 있습니다. 그런 중에도 하느님은 늘 제 마음속에 계십니다. 제가 어디를 가든 무엇을 하든지 침묵하시며 지켜보고 계십니다.

고독 속에서도 혼자인 것 같지만 하느님은 항상 함께하십니다. 저의 일상생활은 언제나 하느님과 이어져 있습니다. 그래서 분리될 수 없다는 것을 영혼의 일기에 소중히 담아 두었습니다.

결국은 이 생명 다할 때까지 하느님과 나와의 관계는 계속 이어지겠지요. 제가 몇 년간 일기를 남길 때는 인생이 가장 고달프고 고통스러웠지만, 하느님을 강하게 체험한 시간이었기에 잊을 수 없어서 공책에 모아 둔 것입니다.

특히 아버지의 임종까지 슬픔이 너무도 커서 기억 속에만 담기에는 아까웠습니다. 시간이 흘러도 아버지의 기억을 가족들과 함께 나누어야겠다고 다짐을 하면서 쓰게 되었습니다. 그때는 그 날이 언제일지 모르겠지만 '가족들에게 전해 줄 기회가 있지 않을까?'라고 생각했습니다.

출판사의 도움으로 짧은 시간 내에 연이어 세 번째 책 '영혼의 일기'를 내게 되었습니다.

하느님, 얼굴을 언제나 가서 뵈오리까? 영혼의 일기는 제가 하느님 얼굴을 찾기까지의 기나긴 여정을 기록한 글입니다.

독자들에게도 작은 선물이 되었으면 하는 바람입니다.

목차

대림 제3주일

항상 기뻐하십시오. 끊임없이 기도하십시오. 항상 감사하십시오.

제법 쌀쌀한 날씨다. 요즘은 밤잠을 설친다. 자다가 깨고를 반복하다 보니, 몸이 건조하여 날카로운 손톱으로 긁어댄다. 머리도 긁느라 잠을 이룰 수 없다.

방의 외풍은 심해져 오고 체온은 점점 내려간다. 창틈으로 들어오는 바람을 막을 생각조차 없던 나였다. 엊그제 목욕탕 다녀오는 동안 어느새 신문 종이와 노란색 테이프로 외풍을 막아주신 아버지의 손길… 그러나 그 일을 (알 수 없다. 무척이나 고마운 일인데도) 감사의 표현도 없이 난 그냥 그렇게 넘어간다.

오늘은 어느새 대림 제3주일이다.

본당 신부님의 대림절 특강은 '교회란 무엇인가?'이다.

교회는 하느님을 통해서 가난하고 고통받고 소외당한 이들과 함께한다. ○○성당의 이 프란치스코 신부님은 굉장히 성실하시고 힘겨움을 찾아서 삶으로 기도하시는 분이신가보다.

많은 말은 지칠 뿐이다. 부모님이랑 미사 후 ○○공동체와 봉사자들이 준비해둔 점심을 맛있게 먹었다. 김이 모락모락 오르는 하얀 쌀밥, 쇠고깃국, 김치, 두부, 미역, 소시지를 따스한 방에서 말없이 마주하고 먹었다. 그런데 내 옆에는 잘생긴 장애인 청년이 식사하고 있었다. 그는 장애인으로 행복했을까?

난 더 이상의 행복과 사랑을 지금처럼 안은 적은 없었다. 고맙고, 또 고맙고 저절로 주의 기도가 흘러나온다.

하느님은 사랑이시다. 전례의 소중함을 난생처음 온몸으로 깨닫는 이 순간은 다시는 잊지 않을 것이다. 난 "교회란 여러 몸으로 이루어져 그리스도란 단 하나의 머리를 통하여 공동체를 이루는 것"이라고 말하고 싶다. 예전에는 나만의 기도, 나만의 목소리, 나만의 성가뿐이었다면 이제는 그저 하느님이 계신 곳에 참여하는 것, 그 삶에 응하는 것이다. 그것은 '사랑'이었다.

오늘 미사 강론은 그렇게 거창하지 않았는데 난 왜 눈물을 흘렸을까?

하느님은 인간의 생각을 거치기보다 곧바로 있는 그대로 진정한 사랑의 속삭임을 주시는가 보다. 가슴이 뭉클해지면 왜 이토록 눈물이 자꾸만 흐르는지? 어쨌든 세상은 아프고 고통받는 이들이 많은가 보다.

하느님은 절대적이고 무서운 단 한 분! 그래서 너무도 거룩하신 분이라면 예수님은 용서와 부드러움이 넘쳐나시는 분!

세상의 가난한 자, 고통받는 자, 약한 자들과 함께하시는 분이라고 전하고 싶다.

2011. 12. 11.(일)

껍데기 인생

○○학원에서 일을 시작한 지 한 달하고 이 주일이 지났다.

처음 계약 시간을 넘어서고 늦게 퇴근하는 일이 나에게는 쉽지 않은 일이다.

그런데 그 쉽지 않은 일이란 무엇일까?

내 두뇌 속에 박힌 고정된 시간, 마침의 여유분 시간이 없어서일까?

내가 쥐고 있던 시간을 풀어보면 무의식 중에 돈을 꼭 움켜쥔 자신을 발견한다.

세상에 무언가를 조금 더 내어 준다는 것은 생각은 하지만 현실은 쉽지 않다.

내가 더 손해를 보는 것 같고 바보가 되는 것 같아서다. 하지만 이런 생각을 서서히 놓아 버리고 나면 일상생활은 훨씬 더 원활하게 흘러가는 것 같다.

내 뜻과 욕심과 의심을 조금씩 완전히 날려 버리면 일은 자유로워진다.

그러나 중요한 것은 이렇게 조금씩 파고드는 세상은 나의 고유한 안식을 앗아가 버렸다.

꽉 조인 일상생활 속에 자신만이 누릴 수 있는 공간은 하나도 없다는 것이다.

이것이 세상인가 보다. 독서도 할 수 없다. 마음 놓고 기도도 할 수 없다. 이제는 책상에 앉아 있기가 쉽지 않다.

내가 설 자리를 잃어버린 것이다. 피로는 자꾸만 쌓여가고 아마도 인생살이는 모든 사람이 다 이렇겠지! 이젠 내 마음은 없다. 어디에 있어야 할지도 잊어버렸다.

그래! 내가 바라고 바라던 껍데기 삶이 이런 것인가 보다.

알맹이 없이 끝없는 쳇바퀴를 돌리며 껍데기만을 그리는 삶도 재미있기는 하다.

난 42세에서 평범한 사람처럼 생각을 버리고 그저 일에만 전념하면서 산다.

이제는 의미도 찾지 않는다. 그저 의무화되어 책임이란 짐을 지고 살아갈 뿐이다. 나에게는 용납하기가 힘든 이유이지만 알려고 하지 말고 단순하게 살아가는 일. 부지런히!

난 아직도 변명한다. 세상이 모든 것을 앗아갔다고. 하느님 사랑을 느끼지 못해도 의무적으로 성당 나가고 그냥 그렇게 살아가는 것. 지금 이렇게 사는 것도 나에겐 참 놀랍다. 하느님의 섭리일까? 알려고 하지도 말자, 하느님의 뜻을.

누구는 말하겠지! '껍데기야 저리 가라!'라고. 난 그렇지 않다.

껍데기야 어서 이리로 와. 나랑 벗해 볼래? 알려고 하지도 말자.

알맹이만 먹고 껍데기를 버리지 말자. 껍데기 없는 알맹이를 본 자 있는가?

언젠가는 알맹이보다 껍데기가 더 중요한 날이 지금처럼 올지 누가 알겠는가?

나에게 그토록 무시되었던 껍데기가 이젠 참으로 평범하고 인간답게 살아가게 한다는 사실을?

2012. 1. 30.(월) 02:40

Nothing

아무것도 없음

2012. 2. 19.(월) 00:00

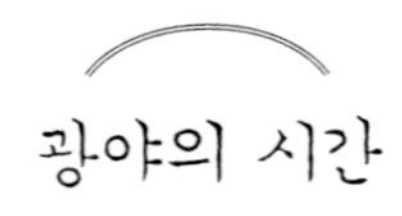

광야의 시간

내가 세례를 받은 지 어언 29년째 접어들었다.

어찌 보면 세속의 나이는 42세다. 영의 나이는 28세다.

내가 하느님을 알기 시작하고 접할 때는 대한민국의 시대적 상황에 비추어 봐도 참으로 가난했다. 어린아이처럼 뛰어놀고, 먹고 싶은 것을 마음껏 먹고, 배우고 싶은 것 마음껏 해 볼 나이에 할 수 있는 것은 아무것도 없었다. 눈에 보이는 지독한 가난으로 밥을 한 끼 먹느냐 마느냐의 문제가 가장 컸다. 고등어 한 마리도 살 형편이 못되어서 이른 아침 가게에 들러 외상으로 사 오곤 했다. 그때부터 한 줄기의 빛은 보이지 않고 어린 나이에 피할 수 없는 시간의 운명이라 생각했다. 그 시간을 받아들일 수밖에 없었다. 내 삶은 아무런 의미가 없었다. 기쁨도 없고 웃음도 없었다.

내 인생의 가난은 악순환으로, 해방되기는커녕 점점 더 웅크리는 소극적인 성격의 삶으로 변해갔다. 그런 시점에 내게 위안이 된 분은 하느님만이 전부였다.

예수님의 고난을 바라볼 때 왜 그리도 아픈지. 특히 사순절 시기를 맞이할 때마다 그 고통이 뼛속까지 전해지는 아픔을 느꼈다. 가난한 자의 아픔이었을 것이다.

학창 시절 학교에 다녀도 다니지 않은 것처럼 친구들과 놀지도 않고 일찍이 항상 집으로만 향했다. 설거지하고, 다림질하고, 빨래하고, 걸레 빨고, 방 청소하느라 보낸 시간이 일과의 전부였다. 내 곁에는 아무도 없었다. 가슴을 터놓고 대화할 수 있는 분은 아무도 없었다.

늘 일하면서도 예수님 생각으로 하느님에게 이런 일 저런 일을 늘 여쭈어보고 생활했다.

철이 없을 때는 하느님에게 칭얼대기도 하고 고집부리기도 하고 짜증을 내기도 하고 생떼 부리기도 했다. 그런데 놀라운 것은 하느님이 필요할 때는 들어 주셨다. 어린 시절 그럴 때는 깜짝 놀라기도 했다. 친부모에게는 한 번도 그렇게 해본 적이 없었다.

부모님도 어려울 때는 한결같이 기도하셨기 때문에 그들의 삶을 곁에서 보아온 나도 기도를 하려고 흉내를 그럴듯하게 내곤 하였다. 나는 부모님께서 일하시고 저녁 늦게 오실 때까지 추운 골방에 앉아서 벌벌 떨며 가톨릭 기도서를 펴놓고 저녁 기도를 바쳤다.

초등학생 때는 귀신에 대한 두려움과 세상에 대한 겁이 무척이나 많았기 때문에 일찍이 수도원에 들어갈 것을 미래의 꿈으로 못박아 버렸다. 그 꿈을 지닌 후로 홀로 기도에 젖어 들곤 하면서 '얼른 어른이 되었으면'하고 바랐다. 이 세상은 내게 아무런 의미가 없었다. 성경을 읽고 말씀대로 실천하며 살기가 쉽지는 않았지만 그럴듯하면서도 단순하게 믿고 따랐다.

세상의 글과 학습은 아무 말도 들리지 않았다. 그러나 가르멜 성인전이나 성경에 관한 글은 마력처럼 빨려 들어 헤어나오지를 못했다. 길 가다가 책에 빠져서 예수님의 일대기를 읽으며 집으로 걸어가곤 했다. 그러면서도 세상 사람들과 연인들과 부딪쳤을 때 그가 나를 이해하지 못할 때 도저히 세상을 받아들일 수 없는 절대적인 갈등들이 번잡하게 일어났다. 연인과 이웃이라기보다는 아마도 보이지 않는 악령과의 투쟁이고 싸움이었다. 중요한 것은 하느님의 거룩함과 세상은 절대적으로 섞일 수 없고 타협할 수 없고 혼합될 수 없음을 공통점으로 발견했다. 그때는 몰랐는데 늘 위, 아래로 구분된다는 것이다. 신적인 공간과 육적인 공간은 나에게 있어서는 하나 될 수 없고 분명하게 나누어져 있다는 것을 알게 되었다. 이것은 내가 체험으로 알게 된 것이다.

세상과 더불어 살아가도 인간은 고독한 존재다. 인간은 약하기 때문에 인간에게 더욱 밀착하려 하고 혼자 있기를 두려워한다. 고독한 존재임을 알고 신의 만남을 진정으로 찾는다면 하느님은 인간보다 더욱더 가깝고도 친밀하게 계시는 것이다. 단지 보이지 않아서 그렇다.

기름과 물의 본질은 다르다. 하지만 혼합되면 제 역할을 각각 알아서 발휘하게 되어 하나의 유기체가 생겨나듯이 말이다.

나는 이렇게 말하고 싶다.

기름은(오직 한 분이신 하느님을 뜻한다) 왕을 뜻한다. (성인식의 세례라고 하면 그렇다)

물은 옛것을 버리고 새 옷을 입는 하느님의 새로운 자녀가 된다는 것을 뜻한다. 이것을 물의 세례라고 한다. 인간은 물의 세례에서 기름 세례로 넘어가야 하는데 좀처럼 쉽지가 않다.

예전에는 하느님에 대한 지극한 사랑이 관념과 추상적인 사랑이었을까? 위에서 아래로의 사랑은 쉽지 않다. 무언가 명확하고 선명하지 않은 신앙은 바르게 되돌려 두어야 하지만 이런 변화 또한 쉽지 않다. 가진 것을 다 잃어버릴 수 있기 때문일까? 내가 찾고 있던 것은 과연 무엇인지 확실히 알 수가 없어서 마음속에 열망하던 학업을 마쳤다.

그때는 마음속의 열정이 전부인 것 같았는데 해내고 나면 남은 것은 하나도 없었다. 지식도 육의 욕망도 그 무엇도 남아있는 것은 아무것도 없었다.

'네 생각을 다 하고, 네 마음을 다하고, 네 힘을 다하고, 정성을 다하여 하느님을 사랑하라'라고 신명기에서 말씀하신다. 어떻게 된 것인지 그 열정은 하나도 남지 않고 사라졌다.

아마도 나의 인간적인 욕망으로 자리해있어서 하느님께서 들어오실 자리조차 없었던 것 같다. 무의미한 시간이 길어지자 성경 구절에서 '필요한 단 한 가지'라는 그 말씀에서 '내가 사랑이 없는 것일까?'라고 생각해보았다.

돌이켜보면 사랑이 부족한 것 같지만, 그래도 하느님을 끝까지 믿고 싶었다. 사랑이신 하느님을 느끼지는 못 하지만 늘 함께 하심을 알기에 사랑은 있다. 그렇다면 믿음의 문제인 것 같다. 과거의 신앙이 신비이고 타인들이 말하기를 추상적이었다면 이러한 문제가 모호하여 설득력도 부족해서, 스스로 세상 밖으로 나와 보았다.

나는 한 번도 내면을 내보인 적이 없었다. 수도원에서는 규칙 때문에 공동체를 흩뜨리고 싶지 않았다. 세상으로 나온 지 벌써 8년이란 세월이 흘렀다. 아래로부터의 삶으로 세워나가는 것이 바람직하겠다 싶어서 시작한 청소일(내게는)은 비참했다. 쓰레기 정리하기, 타인이 먹다 버린 음식물 정리하기 등 일이 끝나면 옷에 담배 냄새가 잔뜩 배어 있었다. 젊은이들 틈에서 이리 치이고 저리 치이는 내가 참 초라하다는 생각이 들었다. 그 이후로 일을 접고는 학교에 들어갔다. 현실적인 하느님과 만나기 전 그 무언가의 기틀을 늦게서야 마련하느라 힘들었다. 그때는 가정의 평화와 안전이 자리해 있어도 경제적인 상황은 늘 열악했다. 항상 생활 기반 없이 갈등하다가 허비해버린 세월이 아까워서 적은 학비로 들어간 방통대 생활은 열정이 가득했지만, 용돈을 벌어야 했다. 늘 그렇게 마음을 어디에다가 놓을 곳이 없었다. 하느님을 현실에서 부딪치는, 말 그대로 광야의 시간(메마른) 시간이었다.

2012. 3. 4.(일) 21:20

직업이란 운명

학원 일을 그만두고 목로주점에서 일한지도 일 주일이 지났다.

이곳은 젊은이들이 일하는 장소다. 술을 마시면 가지각색의 안주들이 나온다.

연령층은 청년에서 노인들까지 단체 직장 손님, 가족들, 친구 등 다양하다.

사람들이 끊임없이 붐비는 장소였다. 학원 생활은 나 자신도 모르게 온전한 신경으로 병들고 있었다. 육체가 심각하게 병들어 가는지도 모른 채 아이들 학습에 지나치도록 근심과 걱정을 하느라 흰 머리카락도 몇 가닥 솟아나고 있었다. 나이 든 나의 생명도 생명인지 제 몸을 다스리지도 못한 탓에 학원 일을 그만두고 생각했다. 정신적인 일은 어디까지인가? 학업이 부진하면 학업을 채우느라 시간을 보내고 학업에 맞는 일을 찾다 보니깐 학원 일이 전부였다. 그래서 난 항상 힘겨움에 부딪쳤다.

이것은 나의 부족이라기보다는 제대로 돈을 모을 수 있는 일을 하기가 어려운 것이 지금의 현실임을 직시한다.

직업이란 운명적인 삶인가 보다. 돈은 콩알만큼 보일 듯 말 듯 삶이라면 또 다른 내면의 삶은 기도의 삶으로 더욱더 커져야 하는 것이 내가 바꿀 수 없는 운명이다. 돈을 버는 일에 항상 신경을 쓰고 성실히 살아도 나의 결과는 단명하는 것이다. 그래서 남들과는 다른 나의 생애를 이해하고 받아들이기가 나 또한 쉽지가 않았다.

수도원 생활이 맞긴 하지만 체력적으로 견딜 힘이 역부족했다. 생각이 앞선다고 몸이 따르는 것은 아니다. 결국 42세에 모든 것을 접어두고 집 앞의 목로주점에서 4시간 아르바이트를 하게 되었다. 술을 접하는 곳은 처음이지만 고정관념을 비우고 나니깐 일하게 되었다. 머리만 쓰는 곳은 병들고 말라비틀어지지만 가장 낮은 자리에서 허리를 숙이고 접시도 나르고 설거지를 하고 주민들과 같은 세대로서 정겹게 대화를 나누는 즐거움이 컸다.

육체가 힘들수록 뻣뻣한 나의 정신과 몸과 마음을 다스리기에는 아주 훌륭한 장소라고 생각되었다. 이곳은 점포들 가운데서 매출 1위인 곳으로 주목받고 있었다. 그만큼 손님들이 많아서 매출이 1위로 꾸준하게 이어지고 있다는 것이다. 어제는 손님들이 이웃으로 친척 같고 친지들처럼 낯설지 않았다.

잔칫집처럼 즐겁고 이야기를 허심탄회하게 풀어낼 수 있는 정겨운 곳이다. 문득 요한복음에서 예수님이 물을 포도주로 바꾸신 기적이 떠올랐다. 직업에서는 술이라는 개념에 부정적인 면이 있을 수도 있겠지만 음식의 다양함도 한동안은 즐겁다. 끊임없이 찾아드는 술, 안주, 손님들은 이 몸을 바삐 움직이고 두들겨서 부드럽게 만드는 원재료가 되었다. 기도할 때는 성모님을 이해할 수 없어도 그 삶과 묵주기도인 환희의 신비에서는 아들 예수님을 낳으셨다. 지극히 사랑하는 그 아들은 십자가에 못 박히셨다. 오늘은 문득 성모님이 달리 보이고 좋아진다. 하느님께 순종한 삶은 십자가이고 고통이고 고난이다. 세상과는 거리가 멀지만, 세상 사람들이 박아놓은 손과 발의 못 자국은 아직도 남아있다.

세상은 끝이다. 이제 다 이루었다. 결국, 예수님은 세상과 섞일 수 없다는 결과이다. 십자가를 통해서 인간은 구원받을 수 있다. 십자가의 신비는 영광의 신비인 것이다. 오늘날 박진감이 넘치는 세상은 신에 대한 사랑을 묵상해야 하는 것이 필수인 것 같다. 그렇지 않으면 빛보다는 어둠의 세계가 우리 나약한 인간을 악의 세계로 빠뜨리기 때문이다. 살인, 전쟁, 싸움, 분쟁, 시기, 성매매, 노예 등등….

2012. 3. 9.(금)

신비주의(神秘主義)

예전에는 신비주의라는 말을 두려워했고 피했고 조심스러워했다.

그래서 오직 현실주의에만 초점을 맞추며 실질적인 삶을 살아 보려고 노력했다.

33세에 수도원을 나오기 전에는 가상적인 예수님의 생애를 묵상하고 그려 보았다.

그때는 고통과 아픔이 전부였다. 그런 만큼 현세적인 삶은 단순하고 지루하고 무미건조한 상태로 되어 버렸다. 광야의 삶으로 들어선 것이다. 이 시점에 나의 부족함을 채울 수 있는 것은 학업에 대한 갈망이었다. 종교 학문 이전에 세상 학문을 좀 더 알아야겠다는 생각이 들었다. 성경이 전부였던 나에게는 세상과의 의사소통이 역부족이었고 힘이 없었다.

그래서 난 필요조건에 의해서 공부를 좀 더 하게 되었다. 10년이라는 세월을 내다보며 세상에서 나름대로 멸시받는 삶은 참으로 고독하고 삭막하면서도 메마른 시간이었다. 이제는 신도 잃어버리고 신앙도 저버리고 막무가내로 제멋대로 살아가는 집시 같았다. 그래도 나에게는 형제가 있고 부모가 있고 머무를 집이 있었다.

난 나를 가두어 두었는데, 어느 날부터 송두리째 온 세상에 날려 버렸다.

신비주의는 무엇이고 현실주의는 무엇인가? 이런 개념은 애당초 없었다. 그렇게 신앙의 기초작업은 한 걸음씩 한 걸음씩 두 발로 찾아서 일어서게 된 것은 현실주의의 시초였다. 예수님의 삶을 토대로 나아가는 개척의 삶이었다. 가는 곳마다 얽히는 것은 Sex(성의) 논란과 부딪힘, 짧은 시간 내에 폭발하여 지뢰 더미처럼 늘 빈터로 남아있는 나의 마음과 정신은 안정을 취할 수 없었다. 살짝이 영혼이 닿기만 해도 죽음이었다. 이것은 세상과의 단절을 화해로 이끄는 첫 번째 지름길이었는데 단단하게 세워진 성벽은 무너지지 않았다.

성이란 과연 무엇인가? Sex란 과연 무엇이고, God에 대한 거룩한 성은 무엇인가?

난 이것은 Sex이고 저것은 거룩한 성이라고 분리해서 말한 적은 단 한 번도 없다.

단지 양심적인 면에서 부끄러워하게 되고 원죄의식을 느낄 때는 Sex라는 개념보다는 죄의식(지울 수 없는)을 느꼈다. 그러면 난 더럽고 추하고 나의 몰골은 인간처럼 생각되지 않았다. 한번 타락한 죄를 원점으로 돌리기는 쉽지가 않았다. 그 무엇도 감출 수 없고 죄를 드러내는 수밖에는. 그러나 그 순간 난 부끄러움을 잊어버렸다. 자유로워지게 되었고 성에 대한 두려움도 점점 사라지게 되었다. 이것은 실존주의(신에 대한)요, 믿음의 표상으로 얻어지는 은총이 아닐까 싶다. 그때는 신은 있다고 믿었지만 하느님에 대한 고마움을 잊고 살았다. 때로는 완전히 백지처럼 '신은 존재하지 않는다'라고 떠벌리며 욕도 마음껏 지껄여 대고 싸움을 일삼고 물건을 파괴하는 난폭한 파괴자로 변해갔다.

세상에 저주를 마구 퍼부어 댈 때는 속도 후련했다. 그러나 언제까지 세상을 비난하고 거짓된 어른들의 세계를 허공에다 대고 짖어 대겠는가? 세상은 그래도 흘러가는데….

이제는 여러 해가 지나고 나니깐 힘도 빠지고 쇠약해지고 조용하게 잠잠해져 간다.

내 안의 강한 외침은 쉬어가고 있다. 내가 세상 전부인 줄 알았는데 어느새 또 다시 죽어가고 있었다. 그제서야 하느님 없는 나는 존재할 수도 없다는 것을 깨닫게 되었다.

신앙의 껍데기를 거부했던 나는 겸손과 겸허의 자세로 태어난 그곳으로 돌아가야 했다.

가톨릭의 예식(전례의 삶) 미사 전례에 참여해야 했다. 평신도로서 신앙의 삶을 마련해야 했다. 아는 것 같았지만 난 아무것도 알지 못했다. 요즘 꿈을 꾸느라 잠을 자지 못한다. 하느님에 대한 거룩함을 지니고 아래의 삶은 지금도 투쟁이고 싸움이다. 그것은 정화의 삶이고 정직의 삶이기 때문이다. 자신을 속일 수는 없다.

오후의 일은 평화롭다. 고요히 머물고 싶다.

아무것도 느끼지 못한 채 아무것도 모르는 채 빛과 어둠이 무엇인지도 잊은 채 한동안 살아왔다. 난 빛 속에서 어둠이었나 보다. 이 느낄 수 없고 알 수도 없는 어둠의 불안정을, 파괴하면서까지 없앨 수는 없어도 서서히 소멸되어 가는 것 같다.

이제는 상·하의 세계를 두고 살아가야 하는(세상의 비판도 필요하고 올바르게 삶의 균형을 이루고 살아가야 하는) 시간이 다가온 것 같다. 빛과 어둠은 분리될 수 없지만 분명하게 구분되는 정화의 시간인 것 같다. 그 영혼의 세계도 분명히!

하느님은 내가 만나는 모든 사람을 통해서 끊임없는 겸손으로 단련하시는 것 같다.

나 홀로는 완전한 것 같지만 사람들과 만남으로 부서지고 쪼개지고 그렇게 반복한다.

빛과 어둠은 하나가 될 수는 없다. 문득 수학의 두 직선의 교차점이 떠오른다.

늘 평행하던 두 직선은 만남이 없이 영원성을 향해 간다면 다툼도 사건도 사랑도 없는 무관심일 수도 있겠다. 그렇게 평행하던 두 직선은 한 직선이 싫다며 밀어내고 있었다.

그러나 그 직선은 끼어들면서 몸을 겹치기 시작했다. 중심점을…

무척이나 아팠다. 만남을 통해서 거부했던 Sex가 생겨났다.

두 직선은 원점에서 만났다. 불안했던 그 정서가 편안해지고 기쁨으로 잠들게 되었다.

빛과 어둠이 만나면 그 삶은 빛으로 나아가게 마련인가 보다. 꽃은 피어나고 더더욱 사랑하고 싶어진다. 오직 단 한 분이신 하느님이 내게로 오셨다. 난 그 임을 사랑한다. 그것은 믿음이고, 말로 표현 못 할 깊고 깊은 사랑은 종달새처럼 노래한다. 그 빛은 분명히 사랑이다.

Love, Love, Love

2012. 3. 21.(수)

보이지 않는 싸움

봉쇄수도원을 나온 지 어느새 9년째 접어들었다.

이후로 가족 모두가 반대하는 대학공부를 5년 넘게 해냈다.

소심한 나에겐 사람들이 많은 곳에는 나의 존재를 있는 그대로 드러내는 일이 쉽지 않았다.

그 무엇보다도 난 여자로서 한 남자를 보기가 쉽지 않았다.

인간의 무리가 있는 곳에 늘 관심 있게 바라보는 남자가 있었다. 공부하는 학생 때에는 책과 씨름해야 하고 아래로는 생각과 힘겨운 갈등 속에 투쟁하고 싸우며 건너가야 했다. 수도원 생활에 익숙해 있어서 나에겐 지옥과 같은 시간이었다. 그래도 행복했던 것은 하고 싶은 공부를 마음껏 평안히 할 수 있었기 때문이다. 보이는 사람들과도 힘겨운 싸움이 있었는데 해를 거듭하고 나서는 그러니깐, 한 번도 만난 적이 없고 실제로 본 적도 없는 비현실적인 남자와 싸워야 했다.

그런데 싸우다가 정이 들듯이 오히려 사랑하게 되었다. 한 인간을…. 세상의 모든 인간을 머리로 사랑하기는 쉬울런지 몰라도 한 남자를 완전하게 사랑하기는 쉽지가 않은 것 같다. 어쨌든 나는 비현실적인 사랑을 통해 진정한 Sex의 자유를 만끽하였다. 이렇게 해서 나에게 열린 것은 부정적인 Sex의 세계, 고립된 성의 세계, 어른들에 대한 불신과 미움, 악의 세계에 대해서 있는 그대로 보는 것에 대해 훨씬 부드러워지고 자연스러워졌다. 길고도 짧은 이런 여정을 통해서 난 어제 이후로 자신을 가다듬고, 정돈하면서 나의 비뚤어진 영혼 세계의 질서를 바로잡고 싶어진다. 욕설, 분노, 성급히 화를 내는 것, 타인의 말을 인내로 들어주는 것 등등, 기도 생활의 한결같은 자세, 단식, 언어의 절제들을 이제는 조금씩 다듬어야 할 것 같다.

2012. 3. 26.(월)

하얀 밤

정신이 너무 맑아서 한잠도 이룰 수가 없었다. 이리저리 뒤척이다가 새하얀 밤을 보냈다.

이른 새벽 눈은 떠 있어도 몸은 침실에서 꼼짝을 하지 않았다. 새벽 일을 마치고 부모님 건강을 위해 기도를 드리고 나니 마음은 한결 평안해졌다. 새벽 12시나 1시쯤 돌아와서 TV를 두 시간 정도 보고 나면 더욱 피곤해져서 습관을 바꾸어 보려고 했다.

비록 정해진 기도문을 읽는 것이지만 1시간 넘게 걸리는 기도였다.

모든 집착을 내려놓았다. 기도는 말로 표현할 수 없는 신비 그 자체인 것 같다. 그리고 잠자리에 들었다. 왜 잠이 오지 않는 것일까? 너무 깨끗이 비우고 버려서 그럴까?

월요일 저녁 늦게는 왠지 마음이 슬퍼졌다. 우울해졌다. Sex를 끊으려고 음식도 절제하고 몸가짐을 바르게 정리하였다. 그런데 새하얀 밤이었다.

하느님과의 사랑은 그 자체로 완전하다. 아름답고 고요하고 말로 표현 못 할 만큼의 감성이 자리해있다. Sex는 인간의 사랑인 것 같다. 그래! 원초적인 그 사랑은 내가 인간임을 인정하는 순간이다. 내가 존재하고 행복함을 느끼는 것은 Sex의 상대자가 단 한 사람(인간)이 있는 것이다. 미래를 약속한 그 남자가 있었다. 그러면 난 신과의 사랑은 감성적인 상태였나 보다.

그 무언가의 일치가 미약한 것은 인간적으로는 Sex의 성이지만(세속적인) 그러나 상식으로 Sex를 알고 믿음으로 행할 때는 그곳에 어찌 보면 영성의 첫걸음을 알리는 단계인 것 같다. 행할 때 너무도 자유롭고 엄격한 어른은 유치한 어린이로 탈바꿈하게 되는 현상을 살펴보게 된다. 내 몸에서 일어나는 그 현상은 하느님의 사랑으로 은총이고 베풂인 것 같다.

나 자신의 일변화로 이 글을 작성하기에는 부족한 것 같아서 십자가의 성 요한이 쓴 어두운 밤을 영적 도서로 다시 읽어 보고 있다. 감성과 영성의 어두운 밤의 정화 과정은 너무도 복잡하여 말로는 어떻게 설명하기가 어려워서 성 요한 성인의 글을 도움 삼고 있다. 그도 그런 메마름과 감성과 영성을 체험한 자였기 때문이다. 젊은 시절에도 참으로 공감이 갔는데 내 마음의 상태를 볼 때는 이제는 그 감성을 넘어서야 하는 단계, 한계점에서 정화되고 하느님에게서 훈련받고 있는 듯하다. 나 자신을 보면 근래에 내가 누구인지 모르겠다. 이제는 생각이 적용되지도 않는다. 상상도 할 수 없다. 있는 그대로의 나 자신을 인정할 수 밖에 없다. 어제는 일터에서 욕설을 줄이고 분노와 화냄도 줄이고자 하였다.

그런데 이 속에는 타인에게 존경받고 싶고 모범의 대상이 되고 싶은 인간적 욕망이 자리해있게 되더라. 생각은 도대체 무엇이기에 좋은 방향으로 나아가려 하지만 그 양면성에서 나의 한 쪽은 항상 어둠의 세계가 있는가 보다. 그래서 생각은 한계가 있는가 보다. 온전히 하느님의 역사하심은 나의 존재를 있는 그대로 내어 맡기는 것인데 참으로 의아하고 신비롭기도 하다. 중요한 것은 나의 행복감을 느끼고 사랑하는 사람을 아직은 한 번도 본 적은 없지만 완전하게 신뢰해야 하는 사랑이 있어야 한다는 것이다. 세상 사람들도 다 알겠지만 난 참고 인내하면서 기다려야 한다는데, 자꾸만 그리워지고 보고 싶다. 타인에게는 Sex의 세계가 저속할 수도 있겠지만 나에게는 해방의 선포이다.

난 그 사랑과 영성을 논하는 첫걸음에서 기다려야 하는 시점에 있는 것이다. 사실 우습게도, 나는 영성이 무엇인지는 모르겠지만 머릿돌 없는 영성의 삶을 지금까지 살아오고 있었다.

앞으로는 무엇인가 곰곰이 생각하며 지켜보아야 할 것 같다.

2012. 3. 27.(화)

어두운 밤

내가 수도원을 들어간 때는 26세였다. 세상에서 살 때는 수도원에서 살듯이 살았다.

그렇게 기다리고 갈망하던 수도원 삶이 시작되었을 때, 미친 듯이 기쁘고 맛있고 즐겁기만 하였다. 그곳에서 여성들로 구성된 수도자의 삶을 지향하고, 영성의 길을 따르며 살아야 하는데 난 아무것도 몰랐다. 오로지 수동적인 인간이었고 내어 줄 거라곤 하나도 없었다. 돈도 없었고, 얄팍한 지식뿐이었다. 난 어머니의 젖 줄기만을 바라는 어린아이였다. 세상이 무엇인지도 몰랐다. 어린 시절은 무서워서 늘 피해 다니기만 하였다. 남자도 몰랐다. 아무것도 아는 것이 없었다. 다만, 마음속에서 용암처럼 솟구쳐오는 기쁨과 평화뿐이었다.

이때는 베네딕토 수도원의 반 관상적인 삶이 좋았기 때문에 하느님이 참 좋고 맛 좋았다. 그러나 이곳에서는 어린아이처럼 평안히 있을 수 없었다. 물질적으로도, 경제적으로도, 시간적으로도 조금씩 불안해져 가고 시간의 강박이란 틀 속에 갇히게 되었다. 지원자 담당 수녀에게서 미움도 사고 미운 오리 새끼가 되어갔다. 다른 동기들은 무난하게 살아가는데, 난 유난히도 울타리에서 벗어나 눈총받기 시작했다. 난 영성적인 삶의 기초에서는 무지하였고 함께 생활하기에는 도저히 맞지 않았다. 나의 비참함과 무지뿐 아무것도 들리지도 보이지도 않았다.

그래서 나는 가슴속에 불타오르는 이 깊은 열정을 마음껏 분출하고 싶었다. 나의 그리움은 가난한 사람들을 위해서 몸을 바치고 싶었다. 난 결정하고 세상 밖으로 나왔다. 더는 올라갈 수도 없다는 것을 스스로 알았기 때문에 더 낮은 곳으로 나아가서 찾아야 했다. 우선은 여기저기서 봉사활동을 해 보았다. 그런데 생각보다 내 몸은 힘이 없었다. 다른 사람들보다 빨리 지치고 물러나게 되었다.

이렇게 부딪히고 나면 '난 무엇을 찾고 있는 것일까?'라고 생각하였다. 하느님의 부르심을 분명히 듣고 찾아야 하는데 무지한 나로서는 계속해서 움직일 수밖에 없었다. 무지한 탓에 반복적으로 열량만 소비하는 움직임으로 늘 그 자리에서 주저앉고 말았다. 그래, 내 마음은 많은 봉사자처럼 저렇게 웃음을 지으며 타인을 위해 봉사하며 살고 싶은데 나의 몸은 죽어가고 아무런 응답이 없었다. 나의 존재감은 소멸해 갈 뿐 아무것도 없었다. 그래서 또다시 봉쇄수도원을 찾았다.

어쨌든 처음 반 관상수도회보다는 훨씬 더 개방적이고 자유로웠고 무엇보다 이곳의 ○○봉쇄수도원의 특색은 단순함의 영성으로 내가 숨 쉬고 살기에는 금상첨화였다. 수녀님들 또한 소박하고 사랑이 넘쳐나는 공동체였다. 몸과 마음으로 도움이 되고 싶었는데 손은 힘도 없고 물질적으로는 도움이 되지 못했다. 그래서 소임을 가는 곳마다 불안하고 나의 존재감은 초라해져 갔다. 나는 그래서 더욱더 메마르고 정신 이외에는 몸과 마음이 인간에게서 멀어져갔다.

기도 외에는 할 수 있는 것이라곤 하나도 없었다. 인간적으로는 완전하게 무능한 자였다.

내 주위의 사람들은 재주도 뛰어나고 눈에 띄게 물질적으로 도움이 되었지만 난 아무것도 내세울 것이 없었다. 점점 고독해져 갔다. 일찌감치 26세 때 베네딕도 수도원에서 너무 기뻐한 나머지 성소의 중요성을 잃은 후 웃음조차 두려웠다.

왜냐하면, 하느님을 느낄 수 있는 감각이 다 사라져가고 너무도 빨리 메마르고 삭막해져 갔기 때문이었다. 그럴수록 내가 할 수 있는 것은 하느님에게 감각을 달라고 졸라대는 기도뿐이었다 . 제게 무감각에서 당신(하느님)을 느낄 수 있도록 감각을 달라고 늘 성당에서 두 손 모아 기도해 보았지만 아무런 응답이 없었다. 줄곧 이후, 마음으로 되물으며 지금의 내가 있게 된 것이다. 난 기쁨을 맛보려 하지 않았다. 거짓된 웃음과 즐거움은 모두가 헛되었다. 스스로 찾아야만 했다. 그래도 하느님을 사랑하는 마음은 한결같았다. 나에게 위로가 되는 것은 주위의 따스한 말과 친절이 아니라, 들리지도 보이지도 않는 하느님에 대한 믿음이고 사랑이었다. 그게 전부였다.

어느 날 기도가 정말 달콤해지자 하느님을 짧게 느끼게 되었다. 아마도 영의 충만함이었나 보다. 아무도 없는 캄캄한 성당에 앉아 있으면 너무도 평화롭고 행복해서 그 자리를 떠나고 싶지가 않았다. 그러나 공동체 생활은 규칙적인 삶이라 떨어져 있어야 하고, 잊어버리고 그렇게 반복의 삶을 살았다. 아마도 나를 떠나는 연습이었나 보다.

난 방금 십자가의 성 요한이 쓴 어두운 밤을 읽었다.

이 성인도 하느님을 온몸으로 체험하고 영적인 메마름과 고통의 길을 겪으셨나 보다.

그래, 하느님이 인도하신다. 이제는 인간이랑 너무도 밀접하게 가까이 있다.

나 또한 정신적인 시달림과 고통을 겪었고 지금도 그렇다. 그래서 상당한 에너지가 나가는 것이다. 영적인 단계일 것이다. 기도하다 보면 온갖 세속적인 성(Sex)의 세계, 더럽고 추악한 세계에 가까이 있으므로 싸우느라 고달픈 것이다. 녹초가 다 되어서 힘이 다 소진되기 때문이다. 십자가의 성 요한은 이것을 영의 정화과정이라고 한다. 완전히 벗음으로써 내가 단련하는 것이 아니라, 하느님이 이끄시는 그곳에 이성으로서만은 절대로 불가능한 것이다.

난 생각해보았다. 제정신으로는 불가능하지만 잠들 때 잠재의식에서 일어날 수 있고, 그곳은 너무도 깊고 깊은 곳이라 은밀한 그 장소에서 사랑을 속삭일 수 있다.

분명히 글을 쓰는 지금의 정신으로서도 불가능한 것이다. 그 자리는 내면의 깊고 깊은, 그 누구도 들어올 수 없는 신비의 장소인 것이다. 그래서 하느님은 분명히 죽음의 하느님이 아니라 살아 숨 쉬는 생명의 하느님이신 것이다. 죽어가는 나의 생명이 살아서 숨을 쉬니깐 말이다.

2012. 3. 28.(수)

믿음이란 신앙의 길

신은(하느님)은 어디에 계셨는가? 어디에 계신가?

20대 시절에 한 남자를 사랑한 적이 있었다. 친구처럼 벗하고 마음껏 놀고 싶었으나 사랑하는 남자와는 지극히 멀고도 만날 수가 없었다. 육은 멀기만 하고 온통 삶이 없는 생명은 이별의 시간으로 흘러갔다. 그렇다고 신에 대한 사랑도 그렇게 깊지도 못했다. 그래서 진정으로 열정을 가지고 사랑해야 하는 그 순간 순간들은 삶 속에서 인간에 대한 불신만이 쌓이게 되자 난 신에게로 더더욱 기울었다.

그러니깐 인간에 대한 불신으로 신을 택했다. 목석과 같은 십자가의 예수님을 더 사랑하고 있었다. 그 사랑은 에로스라기보다는 고통을 함께 느끼고 아파하는 가난한 이들에 대한 연민이고 가슴으로 느끼는 아가페 사랑이었다. 나는 인간 정신과 마음속에는 하느님이 어디에나 계신다고 믿었지만 나의 생각일 뿐이었다. 인간들 대부분은 유혹과 불의로 가득한 죄의 손길이 더 많았다.

그래서 난 봉쇄수도원의 삶을 택했다. 꿈과 현실의 차이는 무엇인가?

난 세례 후 예수님에 관해서 꿈을 꾸었다. 나의 빈자리를 채우는 것은 하느님 사랑에 대한 믿음뿐이었다. 그 가슴 속의 사랑은 이제는 텅 비었다. 영원토록 하느님의 깊고 크신 사랑을 느끼는 것이 좋아서 늘 머물렀는데 침묵이 깨지고 난 뒤에는 텅 빈 가슴으로 아직도 살아가고 있다. 꿈속에서 신에 대한 사랑은 어찌 보면 예수님의 죽음 이후 부활의 삶인지도 모른다.

예수님은 부활하셔서 곁에 안 계시지만 난 성령의 힘으로 살아간다. 수도원에서 나온 후 부활의 삶을 어떻게 살아가고 있는가? 어제저녁에 밤잠을 뒤척였다.

'나'라는 존재 자체가 무엇인지? 문득 생각과 말과 행위의 집착에서 멀어지고 싶었다. 무엇을 그렇게 꼭 쥐고 있는 것일까? 놓아 버리자! 세속에 집착해 있는 나! 풀어 버리고 예수님을 바라보자! 하느님은 늘 나와 함께 계시는데 무엇을 찾고 있는 것일까? 아직도 현실과 비현실의 갈림길에서 자꾸만 비현실적인 삶으로 향해 간다. 퇴폐와 성의 타락이 흐르는 곳으로…. 무의식 세계가 언제까지 가려는지? 난 진흙의 구덩이에서 헤어나오지 못한 채 덫에 걸려 웃음 짓고 방탕해지고 있다.

인간은 모두 참 이기적이다. 기적을 바라는 어리석은 인간들로 인해서 십자가에 못 박히신 예수님! 참으로 불쌍하다! 나도 어찌 보면 매 순간 예수님의 손과 발, 심장조차 못을 박으며 상처를 주고 있었다. 난 어둠 속에 익숙해져 있다. 빛을 보기가 너무 힘들다. 머리를 들기조차 힘겹다. 죽음의 길을 걷고 있었나 보다. 해가 기울 듯 말이다.

나는 빛보다 어둠이 더 많다. 그 어둠의 세계가 늘 비참으로 몰아가고 무의미한 감각의 세계, 홍청망청한 세계, 현실적이지 못하지만, 궁상의 세계로 몰입한 후 이웃과 단절되고 가족들과 단절되어 간다. 사실, 난 진정한 즐거움이 없다. 이것을 바란다면 어리석겠지! 다만 신앙을 한결같이 지키며 나아가는 것이다. 특별한 나라서 하느님을 따르는 것이 아니라 정말 나약하고 보잘것없기 때문에 예수님 앞에서 무릎을 꿇는 것이다. 난 영적이지도 않다. 온통 인간의 세계에서 육식으로 살아가고 즉석의 맛이 전부인 것처럼 이리저리 움직이며 안일하게 살아가는 형편없는 한 인간일 뿐이다.

그러면서도 난 하느님을 사랑한다고 말한다. 그 말은 내가 지닌 모든 재산과 집착을 단 한 순간에 날려 보내야 할 때도 있다. 벼랑 끝에 선 죽음이다. 그러나 사랑은 주관적이기도 하지만 상당히 객관적인 것 같다. 큰 시련이 닥칠 때 구약의 말씀을 믿게 된다. 잃어버린 모든 것을 다시 찾게 된다는 것을…. 문득 아브라함의 믿음이 떠올랐다. 늦게 얻은 아들 이삭을 제물로 바쳐야 할 그 심정. 그러나 하나님은 아브라함의 믿음을 보고 이삭을 되돌려주시고 크나큰 축복을 주셨다.

2012. 4. 2.(월)

신은 어디에 있는가?

어제는 태풍이라고 해야 할까? 제법 매서운 바람이 나의 가슴을 파고든다.

믿고 사랑했던 연인(그 남자)가 한갓 꿈이라고 생각했다. 이상도 사라지고 희망도 한순간에 무너져 내렸다. 또 다시 이별을 시작해야 했다. 기운도 없다. 기진맥진 상태로 볼품없는 나의 초라함은 온몸의 무게를 짓눌렀다. 밝았던 희망은 서서히 꺼지고 미소도 사라지고 삶의 의미도 사라져간다. 과거 본래의 힘없는 여자의 모습으로 되돌아간다.

이후, 흑점을 남겼다. 암흑뿐 한 줄기의 빛도 없이 갇혀 버렸다. 갑자기 얼어붙어 버리는 나의 몸이 쇠약해져 갈 무렵, 목요일이면 성삼일이 시작된다. 예수님이 내 곁에서 떠나가신다면 눈물이 흐를 것이다. 그 시절 열두 제자의 마음을 조금이나마 이해할 것 같다. 사랑하는 임을 영영 보지 못하고 떠나보낸다는 것이 얼마나 미친 짓이며 가슴이 무너져 내리는 것임을 안다. 슬픔과 아픔이 눈앞을 가린다.

어제, 단 하루란 어둠의 시간이었어도 이 어둠은 영원한 것이다. 예전에는 환경의 어둠이 전부였다면 몇십 년이 흐르고 나서야 사랑하는 임을 떠나는 것이 얼마나 고통스러운 것인지 알 것 같다. 성모님의 그 깊고 깊은 침묵이란 시간 속에 자식을 잃은 마음은 무슨 말로도 표현할 수 없을 것이다. 그래, 긴 시간 동안 수도원을 나오기 전까지는 그리스도를 머리로 두고 살아간 나는 오직 몸이었다.

세상에 발을 내딛는 순간 그리스도를 던져 버리고 세속의 옷을 입었다. 마음에 없는 옷을 입고 억지의 삶을 살았다. 나에겐 무척이나 힘들었다. 그렇게 두 갈래의 길을 걸었다. 평생을 그리스도만 바라보며 살지 못하고 세속의 길로 후회 없이 걸어보았다.

참 묘하기도 하다. 세상을 등지며 성경을 읽고 노동과 기도가 내 삶의 전부이듯, 예수님을 너무 사랑한 것이 난 내가 비현실적인 줄로만 알았다. 그 이후로 예수님을 접어 두고 현실에서의 한 인간(사랑) 억지의 결혼(에로스)를 찾고 있었다. 인간을 모르는데 어찌 예수님을 사랑하겠는가? 이것은 "거짓의 삶이 아닌가, 스스로 되물어 보았다. 그러나 난 인간 또한 현실적이지 못하고 환상적인 대화를 하며 비현실적인 만남을 가져 보았다. 신을 마음에 두고 친구처럼 대화하듯이 한 인간을 만나는 것은 현실에서 비현실적으로 나의 볼품없는 모습만 드러내며 자신을 탈바꿈하고 자유를 만끽하면서 행복해하였다. 이런 삶은 이상과 꿈으로 앞당겨져서 생겨났다.

현실 없는 비현실이 있을 수 있겠는가? 만약 그렇다면 그것은 환상도 아닌 망상일 것이다. 난 경험을 인간과 신의 관계(God), 하느님과의 관계, 진정한 관계를 생각해본다. 신은 두려움이기도 하지만 친구이자 연인이었다. 그래서 묵상하면 즐겁기도 하고 아프기도 한 것이다.

세례 이후 "삶을 전례의 시간을 따라 살아가다가 벗어나면 어떤 일이 발생할까?"라고 의아심이 생겨났다. 신을 너무 사랑해서 빠지다 보면 곁에 있는 이웃을 잊어버린다. 공동체의 삶이 힘겨워지게 되는 것이다. 인간에게는 각각의 성소가 있겠지만 난 분명히 무엇인지 찾고 싶었다. 젊은 날에는 아집으로 수도 성소만 고집하였다. 사랑의 욕심이라기보다는 가장 작은 모습으로 단 한 사람만을 바라보며 살고 싶었다. 신만을 바라보듯이 말이다.

내 임은 아가페이자 필로 소피아이자 에로스적인 완전일치로 하나 되기를 바랐던 것이다. 인간이란 존재의 일치로 난 신이 아니라 "예수님처럼 완전한 인간이 되게 하여 주소서!"라고 두 손 모아 기도해 본다. 하느님은 말씀을 나에게 주셨다. 안젤라, '나는 너를 종이라 부르지 않고 벗이라 부르겠노라'라는 말씀이 아직도 내 전 존재에 새겨져 있다.

봉쇄수도원에서 있었던 일이다. 고해성사 보속으로 한 수도사 신부님께서 처방전을 주셨다. "안젤라, 마음속에는 늘 하느님이 계십니다"라는 그 희망의 말씀이 좋았다. 그 이후로 평생 간직하고 싶었다. 난 이제 세속의 옷을 거두고 그리스도 구원의 옷을 입고 살아가기 위해서는 절대적인 하느님의 도우심이 필요했다. 그래야 그리스도와 혼연일치로 살아갈 수 있으니깐 말이다. 그리스도 없는 삶은 죽음이라는 것을…. 난 고통스럽게 체험하고 나아가는 삶을 아직도 생생하게 기록하고 있다.

2012. 4. 4.(수)

인간의 약점

예수님이 베드로에게 "새벽닭이 울기 전까지 너는 나를 세 번은 모른다고 말할 것이다"라고 하자, 베드로는 "저는 절대로 그렇지 않다"고 답하였다.

이것은 예수님에 대한 베드로의 사랑이 얼마나 인간적인 모습이었는가를 보여주는 것 같다.

아직 하느님의 뜻을 깨닫지 못한 것이다. 예수님은 영적인 그 상태이셨기 때문에 영의 눈으로 인간의 속마음과 연약함을 보신 것이다.

베드로가 그랬듯이 지금까지 난 내가 누구인지 아직도 모르겠다.

난 현실의 삶에서 일구어나가는 삶보다 생각이 앞서서 말이 먼저 나온다.

이것은 상당히 작지만 크기 때문에 힘겨운 십자가이다. 그래서 일구어 놓은 양식을 한 번에 모두 잃어버리는 것이다. 그래서 늘 아무것도 없다. 없는 것을 현실화해서 이야기하고 말하고 글이 더 넘쳐나고 이것은 작지만 큰 하나의 고민거리다.

나는 희망의 열쇠를 손에 넣기 위해서는 앞으로 어떻게 해야 할까?

예수님의 눈으로 사물을 보고 풀어나가야 할까? 하지만 나에겐 그런 능력이 없다.

인간적인 눈으로 보면 황당하고 꿈 같은 사건들이라고 "난, 당신을 모른다고", "미쳤다고", "난 죄인입니다"라고 도망친다. 그 순간 내가 얼마나 어리석고 보잘것없는 사람인가에 눈을 뜨게 되면 회개의 눈물을 흘리게 되는 것이다. 그때 난 베드로의 심정을 알 것 같았다.

예수님과 함께 있을 때는 영원할 것 같았는데, 베드로는 예수님과 떨어져 있는 순간 믿음을 저버렸다. 내가 살기 위해서 너를 부정하는 것이다. 그렇다면 진정한 삶이란 무엇인가?

그것은 마법 같은 힘이 아니다. 믿음을 저버렸을 때 예수님을 다시 바라보게 되는 순간 "나는 보잘것없는 인간임"을 보게 된다. 이것은 신앙적으로는 은총이다. 그렇게 나 자신을 보게 되면 절망하게 된다. 이것을 어떻게 받아들이고 살아가느냐는 선택의 문제인 것 같다.

한 줄기의 빛도 없는 죽음뿐이었다. 밤새도록 뒤척이며 난 하느님을 향해서 눈을 들어올려야 했다. 미소도 짓고 현실로 돌아와야 했다. 어제 죽었던 나는 오늘은 새 깃털처럼 가볍게 날아 올랐다. 내 영혼은 자유로워져 새로이 치유되어 새 영의 기운을 받은 듯….

마치 30년의 세월을 접고 독수리가 새 깃털, 새 발톱, 새 이빨을 받고 힘차게 날아오르는 그 순간 새 삶을 살아야 하는 그 자유로움은 이전과는 다르다. 또 다른 눈물이었다.

자연의 법칙이 그렇다면 그 신비(신과 인간)의 관계에서 보이지 않게 일어나는 것은 참으로 놀랍고도 놀라울 따름이다.

난 베드로가 예수님을 배반하는 그 과정을 세상의 Sex와 연관해서 생각해보려고 한다.

사실 Sex란 사전적 의미로는 "탯줄을 뗀다"이다.

2012. 4. 5.(목)

부활의 삶

예수님은 부활하셨다. 알렐루야!

○○ 성당은 오늘 세례받은 분들이 40명 넘는 것 같다.

사실 굉장한 숫자이다. 하느님을 믿고 새롭게 살아가려는 사람들이다.

분명히 이날 세례받은 이들은 하느님의 은총을 받았다.

어느새 세례를 받은 지 28년이 되었다. 나 또한 갱신의 의미로 오늘 태어났다. 성숙한 신앙이 요구되는 현재의 안젤라이다. 눈 먼 자로 어둠의 길을 찾아서 예수님을 만났다면 이제는 빛의 신비, 영광의 신비로 드러나야 하는 신앙이다. 난 늘 어둠 속의 빛을 그렸는데 지금은 빛 속에서 어둠을 보아야 할 때이다.

빛 속의 어둠이란 나는 이렇게 본다. 예수그리스도를 바라보며 굴욕, 억울, 오해 등 내게 닥쳐오는 모든 시련들을 잘 극복하는 것이다. 분노가 일어날 때 잘 견디며 하느님의 영광을 보고자 하는 바람이라고 생각한다. 그런데 내가 아이였을 때는 이유식의 믿음을 가졌다. 단단한 음식을 삼킬 만큼의 믿음을 지니기 위해서는 예수님을 그리며 침묵으로 인내하는 것이다.

그러나 나의 깊은 본성의 죄악이 어디까지인지 알고 싶어서, 교만스럽게도 앞서서 나아가는 것을 선택했다. 인간이 하느님을 시험하는 것은 신에 대한 불신이고 사실은 죄악을 의미한다. 하느님 앞에 나의 모든 인간적인 모습을 세상에 모조리 드러내어야 했다. 하느님과 나와의 신비스러운 모습은 사라지고 우스꽝스러운 자가 되는 것이다.

그 순간 나의 존재는 점점 보이지 않는 허상이 되어가는 것 같았다. 나는 믿는다. 과거의 나는 하느님과 예수님의 십자가 구원으로 용서를 받았고 모두 지워지고 깨끗해졌음을 말이다. 오늘 새롭게 태어난 이들의 세례와 함께 성인으로서는 하느님이 인류를 얼마나 사랑하시는가를 보았고 나 또한 하느님의 사랑을 가득히 받고 있음을 다시 한번 되새겨 본다.

하느님은 분명히 사랑이시다. 이제 다시는 죄악의 길을 걷고 싶지 않다.

하느님은 빛이시다. 주님 저도 빛의 길을 걷게 하여 주십시오.

나를 비롯하여 세상에 평화가 있기를 기도하렵니다.

1. 전쟁으로 죽어가는 많은 이들, 굴욕으로 참아 이겨내게 하소서.
2. 세상의 모든 정치 지도자들을 위해 기도합니다.
3. 교황과 사제들을 위하여 기도하렵니다.

4. 부모를 위하여 기도하렵니다.

5. 비신자들을 위하여 기도하렵니다.

그리스도는 저의 머리입니다. 빛의 세상이 되어 희망을 품고 행복하게 살아가게 하소서.

매일 기도드리며 성경을 읽고 하느님 얼굴을 뵈옵게 하여 주소서.

하느님께서 제게 주시는 모든 은혜를 잘 쓰게 하여 주십시오.

꽉 막힌 저의 오른쪽 귀를 잘 들을 수 있도록 도와주시고 하느님의 도우심으로 완전하게 트이게 하여 주소서.

그러나 어찌 보면 오른쪽이 꽉 막힘은 99% 저의 관념과 고집일 수도 있습니다.

어린아이처럼 숨기만을 일삼아 지내왔습니다. 나약한 저에게 용기를 주시고 빛을 올바르게 보게 하소서. 하느님은 아십니다. 안젤라는 Sex보다는 그리스도를 본받고 살아가는 것입니다.

과거는 수도자가 꿈이었다면 이제 마음속에 간직하렵니다.

현재는 평신도로서 이 세상에서 사람들과 접하며 제가 깨닫지 못하는 것을 인간들을 통해서 알아듣게 하여 주십시오.

주님, 부족한 저를 올바르게 이끌어주시고 하느님 당신을 증언하게 하소서.

2012. 4. 8.(일)

빛 속의 어둠인 나

부활절 3일은 영으로 충만하여 기쁨으로 넘쳐나서 내 힘이 아닌, 분명히 성령의 힘으로 일하고 살고 있음을 느꼈고 믿음을 보았다. 그런데 넘쳐났던 영은 어느새 사라지고 내 몸은 아프기 시작했다. 일어날 기운조차 없고, 의지도 없고 웃을 힘조차 없었다. 내가 노력할 수 있는 것은 아무것도 없었다.

그래서 참 이상하다고 생각했다. 조그만 일에도 예민하게 반응하고 짜증이 났다. 내 힘으로 굴욕을 참을 것도 없었다. 엊그제 '난 이렇게 저렇게 해야지!'라는 결심은 아무런 소용이 없었다. 기분 나쁘고 화가 날 때면 욕을 하지 않으려고 숨을 크게 몰아 내쉬어야만 했다.

그러다 보면, '난 세상이 참 나아졌구나! 깨끗해졌구나!'라고 생각하였는데 전혀 그렇지가 않았다. 빛이 드는 세상도 죄악의 손길들로 넘쳐나기만 하였다. 더럽고 구역질이 나기만 하였다.

분노가 치밀고 욕설이 쏟아져 나왔다. 그럼! 내가 하느님의 은총에 힘입어 달라진 것일까?

세상은 점점 더 죄악과 참혹함으로 악해져 가는 것 같다.

밝은 미소도 긍정적인 사고도 모두 악으로 인해 다 사라져갔다.

또다시, 어둠뿐이었다. 이 깊고 깊은 광야의 삶을 다시 살아야 하는가?

부모님을 떠나면 난 어떻게 살아야 할까? 보호막도 울타리도 없는 이 세상을….

그리고 하느님의 사랑, 성모님의 사랑을 느끼지 못하면 어떻게 살아야 하는가?

어둠 속의 믿음은 끝이 없는 것 같다. 난 아무래도 빛 속의 어둠인 것 같다.

2012. 4. 12.(목)

예수님과 벗 되어…

어제는 몸이 참 가벼웠다. 깃털처럼 내 심장은 붕붕 떠올랐다.

요즘은 현미밥 한 그릇에 배가 무척 부르다. 그래서 간식도 그립지 않다.

나의 위장이 안정을 찾아가는 것 같다. 인스턴트 음식과 육식에 친숙해 있던 나였다.

한동안 스낵으로 내 혀를 불태웠다. 내 몸이 시들고 죽어가는지도 몰랐다. 성질도 급하고 난폭했다. 그런데 현미 찹쌀과 약콩 한 그릇의 밥은 나의 위를 안정시켜 주었다. 벨트 밖으로 불쑥 튀어나온 배도 쏙 들어갔다.

육이 이렇다면 영혼은 어떨까? 내 영혼은 별 볼일 없이 쌀겨처럼 입김에 의해 이리저리 떠돌아다녔다. 이제는 육이 안정되고 영혼도 매우 편안해졌다. 나는 재물과 하느님을 동시에 섬기려고 무척 애써보았지만, 그 무엇도 제대로 찾은 적이 없었다. 그래서인지 불안정한 삶을 살아왔다. 아무래도 재물을 내려놓아야 했다.

그래야 그 쉼의 공간에 하느님도 쉴 수 있으니깐 말이다. 기도 생활은 밥 먹듯이 달콤하지만 거의 일정하다. 분명히 나는 점점 없어지고 하느님만 계신다.

오르면 오를수록 느낌도 없고, 맛도 없고, 들림이 없어도 난 새 깃털처럼 가벼워진다.

내가 할 수 있는 것은 아무것도 없다. 힘이 없다. 다만 잠들기만 하기 때문이다. 그래서 하루에 점심, 저녁만 먹는다. 잠드느라 식사가 한 끼 줄었다. 이후 기도만 한다. 아무것도 할 줄 모른다. 난 바보 같다.

이런 자신을 인정하면 평안한데 인정하기까지 참 힘들었다. 왜냐하면 재물 찾으러 세상에 나아가 몸부림을 쳐보았지만 아무런 소득이 없었기 때문이다. 그러나 재물이 없는 그곳은 하느님이 계시는데 참 평화를 주셨다. 언제까지일지는 몰라도 나의 일상생활은 9일 기도를 하고 있다. 밥 먹듯 자연스레 그렇다. 오늘은 기도시간이 독서 하느라 두 시간이나 지체되었다. 기도를 밥 먹듯이 할 수 있는 것도 축복이고 기쁨이고 참 평화이다.

난 기도를 할 때와 하지 않을 때의 영혼 상태의 변화를 느낀다. 참 신비롭다.

기도는 악을 완화 시켜주고 모든 것을 용서한다. 결국은 선만 남는다. 나는 없어지고 선하신 하느님만 계신다. 그래서 영으로 충만해지는가 보다. 인간으로서 생각도 할 수 없다.

어둠은 사라지고 내 영혼은 빛으로만 채워지기 때문이다.

어둠 속의 촛불이 온 방을 밝히듯이 말이다.

2012. 4. 20.(금)

성령의 인도

햇살이 온 지구를 비추더니 어제는 장맛비 같은 줄기가 땅을 적셨다.

그러다가 오늘은 가녀린 바람이 상처를 싸매주듯 나무를 위로하고, 죄악의 구덩이를 빛으로 온전히 채워주시는 하느님을 느꼈다. 2주간 아무런 힘을 쓰지 못하자, 수면은 더욱더 무겁게 가라앉았다. 그리고 "지금 당장 죽는다 하여도 여한이 없습니다"라고 읊으며 눈을 감았다.

그리운 이도 없고 아무런 욕망도 없었다. 숨쉬기조차 힘들어지게 되자, 난 인간으로서 다시 기본적인 삶을 살아야 한다고 의지를 조금씩 지녀 보려고 했다. 자신에게 빈틈을 주지 않는 자, 좀 더 빠른 삶을 살고자 노력을 기울이게 되었다. 일터의 사람들은 "기도의 힘인가"하고 놀라기도 하였다. 그렇다. 나를 온전히 비우고, 작고 보잘것없어 보이는 일이라도 충실히 하는 자는 타인에게도 기쁨이 되나 보다. 그런데 몸은 조금씩 지쳐간다. 피곤하지만 좋기도 좋을시고, 아기자기한지고….

나는 사흘 만에 죽었다가 살아나신 '예수님은 부활이요, 생명이다'를 묵상해 본다.

어둠을 떠나 빛을 밝히기 위해 우린 어두운 몸을 수억 번 굴려야 하는가 보다.

인간은 육만으로 사는 게 아니라 영으로 사는가 보다.(위로 나신 새로운 영으로)

나는 생각해보았다. 새 포도주는 헌 가죽 부대에 담으면 터져서 못쓰게 된다고. 그래서 새 포도주는 새 가죽 부대에 담아야 한다고. 이것은 물과 성령으로 새로 난 사람은 위로 나기 때문에 과거의 육적인 삶으로 돌아가면 처음보다 더 못한 사람이 된다고 한다.

지난 육을 다 씻고, 새로운 영의 옷을 입고 그리스도 삶의 일치를 이루는 생활이 필요하다고 본다. 나는 인간적인 욕된 삶이 남아있었는데, 욕설을 버리고 비폭력주의, 무저항주의, 삶을 지향하며 끊임없이 기도하는 사람으로 살아가고 싶다. 지금은 거짓을 버리고 진실된 나의 모습을 지니고 살아가고 있다. 이것은 내 의지보다는 성령이 이끌어주시는 길로 응답하며 살아가고 있다는 것이다.

2012. 4. 26.(목)

부족한 자의 기도

누군가 이 글을 읽는 사람들은 나를 한심하게 볼지도 모르겠다.

세상의 수도자도 사제도 나를 비웃을 수도 있다.

솔직히 나는 할 수 있는 게 하나도 없다.

새벽에 잠들다 보면 낮 12시~1시쯤 해가 중천에 뜰 무렵에서야 간신히 눈을 뜬다.

한동안 낮기도(수도자의 성무일도)를 바치고, 오후 6시에는 저녁기도, 오후 3시에는 9일 기도를 드리고 그 이외에는 틈틈이 가톨릭 기도서의 공식기도문을 보고 기도드린다.

그러다가 지금은 오후 1시에 일어나서 아침, 점심 기도를 연이어서 바치고 오후 5시 30분에는 일반기도 드리고 오후 6시에는 저녁기도 드린다. 그리고 끝기도를 바친다.

새벽 1시에는 부모님의 건강을 위하여 매일 9일 기도를 드린다.

20~30대 시절에는 성무일도를 드리면 시편에서 내 마음이 끓어 오름을 느끼고 천상에 있는 듯한 그 행복감을 맛보곤 하였다.

마치 성무일도의 시편을 통해서 하느님과 대화하는 것 같았다.

그러나 지금 40대 초반에는 그런 천상적인 느낌과 영감은 모두 사라졌다.

거의 하느님께 대한 의무라고 생각하고 습관처럼 기도하였다. 그런데 점점 무감각해지고 기도가 힘들어지고 있다. 어떨 때는 "조금 쉬었다가"라고 자신을 안일하게 내버려 두려는 악습에 빠지기도 하였다. 그러다가 '다시 자신을 일으키고 기도를 하지 않는 자는, 단 한 순간도 인간답게 살 수가 없다'라고 기도를 하는 사람들은 알 것이다.

사실 세상 사람들은 재물을 적금통장이나 부동산에 쌓아서 노후연금을 마련하고 살아간다. 그러나 나는 재물을 쌓을 능력이 턱없이 부족하여 매일매일 하늘에 쌓아 두려고 하늘 통장에 동전과 지폐를 하느님께 드리고 있다. "어둠이 닥칠 때 기도의 값으로 비켜나게 해 달라고, 평화를 주소서"라고 기도드린다. 세상 사람들 가운데는 하느님을 모르지만 마음이 착한 사람들도 참 많다. 내가 만난 사람들, 스쳐 지나간 사람들이 하느님 사랑을 깨달아 물과 성령으로 새로 나기를 바란다. 난 믿음으로 알고 있다. 인간은 누구나 스스로 구원을 얻지 못한다는 것을 마흔이 넘어서야 깨닫고 있다.

인간이 아무리 봉사를 하고, 선한 일을 하여도 한계가 있다.

우리는 하느님 은총으로 죄의 용서를 받고, 그 이상의 세계, 죽음 이후의 세계를 기다리며 생활할 수 있다.

내가 거룩함이 아니라 내 안에 계시는 하느님의 사랑과 거룩함으로 온전해지고 닮아 가기를 희망한다.

2012. 5. 21.(월)

행복한 기도

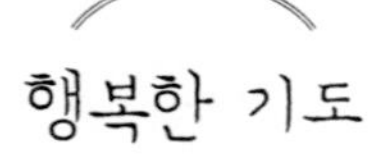

온종일 내가 하는 일은 90%가 기도다.

시간이 흐를수록 숨쉬기조차 힘들어진다.

그러나 때로는 마음과 정신의 한구석에는 안일하게 기도를 "쉬고 싶어"라고 몸부림친다.

"잠들고 싶어"라고 꾀를 써 보지만 이상하게도 이것 또한 쉽지가 않다.

몸은 습관적으로 기도를 할 수밖에 없다. 사실은 초고속으로 읽기만 할 때도 있다.

숨이 탁탁 막히기보다는 머리가 꽉 막힌다. 놀라운 것은 그래도 기도를 한다는 것이다.

기도를 한결같이 하려고 하면 많은 유혹이 따른다. 예를 들면, 다른 한 면에는 하느님과의 관계를 끊고자 하는 그 무언가가 있다는 것이다. 이럴 때 주의를 기울일 점은 어둠의 갈등에서도 하느님을 찾고자 하는 것이다.

포도나무가 가지에 꼭 붙어있어야 많은 열매를 맺듯이 말이다.

하지만 난 그리스도와 꼭 붙어있으면서도 본성 그대로의 모습은 그다지 숙련되지 않았다. 좋은 습관보다 악습관에 익숙해지다 보면 보이지 않는 그곳은 아주 흉측한 모습으로 남는다. 아마도 나는 잠듦에 있어서는 아직도 미성숙한 사람인지도 모른다. 지금에 와서는 고치기가 어렵다. 나의 모습은 게으름으로 살아있는 송장 같다. 활동성이 없다 보니 정체된 삶으로 생명감은 거의 메말랐다.

삶이란 마라톤 경기에서 한 선수가 일정량의 규칙적인 호흡으로 온 힘을 다해 끝까지 달려가야만 승리의 월계관을 쓴다. 이것은 참으로 위대하다. 그러나 나에겐 상당히 어렵다. 게으름으로 불규칙한 삶을 살기 때문이다.

잠시 나의 어린 시절을 회상하고자 한다. 물질적으로나 정신적으로 너무도 가난하여 일어날 수 없었던 그 시절, 마음 한구석에 유일한 친구는 하느님이었다.

신앙생활을 하면서 난 예수님이 지고 가신 십자가의 고통이 가장 크게 와 닿았다. 그리고 성가나 말씀(성경)에 깊이 몰두하는 편이었다. 그것은 마력과 같아서 있는 그대로 나의 온 정신과 마음으로 흡수되었다. 온유와 위로는 더할 나위가 없었다.

그 순간 나는 마치 하느님과 대화하는 것 같았다.

수도원에서도 인간과의 관계보다는 홀로 고요히 기도하고 머물 때, 침묵 속의 평화가 좋았다.

마음 한구석엔 인간적으로 느낌을 간절히 청해 보지만, 하느님은 아무런 응답이 없었다.

수도자로서 가장 행복한 때는 성무일도 시간이었다. 오르간 반주에 맞추어 찬미의 노래를 드릴 때 그보다 더 큰 평화는 없었다. 그러나 이젠 그 맛깔스러움도 더는 없다. 혼자서 기도할 때 시편 구절마다 글을 읽듯이 맛없게 드리는 찬미는 힘겹다. 달리 말해서 밥을 혼자서 챙겨 먹기는 쉽지 않다는 것이다. 그래도 모든 영광은 하느님께 돌려 드려야 한다는 것쯤은 안다.

난 아래로부터의 삶을 추구하고 살아가고자 한다. 지치고 힘들지만, 꾸준히 더 살아보려고 한다.

수도원을 나온 지 거의 10년째 되었다. 셀 수 없을 만큼 넘어지고 보니, 내 뜻은 하느님의 뜻과 반대편에 있음을 찾게 되었다. 그래서 유일한 수도자의 꿈을 놓아 버리고, 평신도의 길을 택했다. 사실은 아직도 저 너머 무언가엔 수도 공동체를 갈망하고 있지만, 외적 환경을 포기하고 내적 삶의 자유를 지향하고 있다. 하느님은 구속의 사랑이 아니라 무한한 자유와 해방의 사랑이시니 말이다.

이제 나의 이성은 하느님을 구속하거나 억누를 수 없다. 아무것도 없으니까….

지금까지 나는 인간을 의심하느라 단 한 번도 진실의 모습으로 사랑한 적이 없다. 깊은 사랑이 없으니깐 늘 짧고, 인스턴트 같은 사랑, 눈에 빛나고 반짝이는 순간적인 것에만 눈이 멀었던 적은 많다. 난 왜 30년 넘게 이렇게 살아왔는지 이유를 모르겠다. 어찌 보면 인내와 믿음이 너무도 부족했기 때문이었는지도 모른다.

잠시 우스운 이야기를 하나 하겠다. 나는 주님을 생각하며 집 앞의 목로주점에서 일하고 있다. 그곳은 손님들이 주문할 때 벨을 누른다. 어떤 때는 손님들이 앉을 곳도 없을 만큼 몰려든다. 늦은 저녁 여기저기서 띵띵! 띵띵! 여기저기에 벨 소음으로 가득하다. 나는 벨 소리를 듣고 달려간다. 예! 주님! 이라고 두 손 모아 주의 깊게 주문을 듣고 받아 적는다. 가끔은 손님들이 벨을 눌러서 달려가 앞에 서다 보면 “아닙니다”라고 하는 분들도 있고 조금 있다가 다시 부르겠다고 하시는 분들도 있다. 나는 기다렸다가 벨 소리가 다시 들리면 개같이 뛰어간다. 그러니깐 헐떡이며 손님들의 종처럼 달려간다. 가끔 정도가 지나치면 놀림과 조롱을 받는다는 생각에 화가 몹시 치밀어서 오히려 욕을 쏟아붓기도 한다.

이런 날들이 석 달쯤 되어 갈 때 하느님을 생각해보았다. 문득 구약 성경의 사무엘서의 한 구절이 떠올랐다. 하느님이 "사무엘아, 사무엘아"라고 부르시자 잠들었던 어린 사무엘은 즉시 달려가서 "예, 주님! 저를 부르셨습니까?"라고 하였다. 하느님은 "아니다"라고 말씀하셨다. 사무엘은 되돌아가서 다시 잠들었다. 그런데 어디선가 "사무엘아, 사무엘아"하고 하느님이 부르시는 소리를 듣고 즉시 달려갔다. 이 말씀이 떠올랐을 때 어느 테이블에서 띵띵! 하고 벨이 울리자 난, 손님 앞으로 달려갔다. 그리고 "예, 하느님"이라고 대답했다. 그때 자신이 너무 우스웠다. '인간은 생각대로 말문이 열리는가 보다'라고 곰곰이 생각했다. 그런데 그날은 참 행복했다. 잊을 수 없는 날.

2012. 5. 23.(수)

하느님의 뜻

난 요즘 늘 9일 기도의 지향을 부모님 건강을 위해서 바치고 있다.

아버지는 소변이 잘 나오지 않아서 도구를 사용하여 하루에 네 번 정도 소변을 빼내신다.

그런데 어쩐지 그곳에서 피가 나온다. 결국은 일주일 동안 병원에 입원하셔야 한다는 통보가 왔다. 나는 자다가 놀라서 벌떡 일어났다. 그래서인지 신경이 날카로워지고 고통이 목구멍을 타고 올라왔다. 온종일 고통에 시달리다가 온 힘이 다 빠져 기도할 힘도 사라졌다. 그래서 아무것도 할 수가 없었다. 아버지는 병원에 입원할 준비를 위해서 여행 가방을 찾았다.

아버지는 늘 드시는 알약을, 나는 아몬드를 챙겼다. 그리고 방금 배달되어온 신선초를 갈아서 가방에 넣어 드렸다. 작게나마 아버지에 대한 마음이 뿌듯했다. 사실 고통의 쓰라림은 본인이 가장 크게 느낄 것이다.

어제는 부모님과의 대화를 엿듣게 되었다. ○○성당에서 일어난 사건이었다. 과거의 방탕한 본당 사제가 있었다. 이름은 굳이 밝히고 싶지 않다. 물질과 여자에 눈이 어두워 세속에 빠져 사제의 품위를 떨어뜨리자 제명되셨다. 놀랍게도 평신도들은 이것을 알면서도 왜 일찍이 밝히지 못하였을까? 숨기기만 하고 쉿 하고 결국은 위험한 지경에 이르렀다. 윤리적으로 선을 넘어선 것이다. 그 사제는 거짓의 옷을 입고 사셨다. 결국은 그 사제는 하느님을 배신한 죄로 제명되셨다.

내가 보기엔 그 사제는 죄악으로 무장하여 선한 평신도, 특히 약하고 가난한 자들을 괴롭혔다. 너무도 강력해서 아무도 막을 수가 없었다. 그는 악령에게 영혼을 팔아넘긴 것 같았다. 난 그곳의 신자들도 문제가 있다고 본다. 무엇이 하느님의 뜻인지, 진리의 길인지 입을 닫는 것이 전부라고 생각했을까? 어리석고 믿음이 없는 자들에게 솔직히 화가 치밀어 오른다. 나의 부모님도 이 사제에게 굴욕감을 받기도 하셨다. 얘기를 듣고 너무도 기가 차서 분노가 끓어 올랐다.

생각해보면 죽음 이후의 부활을 믿는다면 사제든, 평신도든 그릇된 길을 갈 수 있을까?

거짓의 옷을 입고 인간을 억압하고 박해하며 살아가는 자는 과연 자유로울까? 양심이 까만지 새하얀지도 모르고 살아가는 이는 독사의 족속들이다. 신도 없고 죽음 이후의 세계를 두려워하지도 않고 다만 지금의 달콤함에 젖어 지금도 그렇게 살아간다면 육체는 부패 되어간다. 그는 참으로 최악이요, 불쌍한 자이다.

난 분명히 말하고 싶다. 하느님의 진노를 결코 피하지 못하리라는 것을….

하느님을 두려워하고 경외함은 인간이 신에 대한 도리라고 본다.

5월의 더위가 짙어지면서 기운은 까라지고 힘은 더욱 없어지는 것은 이유가 있다.

게으름 탓에 체력 단련이 부족했기 때문이다. 이제 잠을 줄여 보고자 한다. 평균 수면시간 10시간에서 8시간으로 또는 7시간으로 바꾸어 보고자 한다. 생각이 변화한 주요 원인은 아버지의 입원 소동으로 깨어난 이후로 낮에는 운동으로 걷기를 시도해 보고자 한다.

2012. 5. 24.(목)

성령강림 대축일

이른 아침에 소식이 들렸다.

며칠 전 입원하신 아버지가 퇴원하신다고 하셨다.

아버지는 소변이 원활히 나오지 않고 피가 흘러서 의사에게 진찰을 받으셨다.

그리고 결과를 살펴보니 이제는 소변도 잘 나오고 피도 멈추었다고 하셨다.

사실 어머니와 나는 아버지가 병원에 입원하신다는 소식을 듣고 순간 정신적 충격을 받았다.

그래서인지 온몸은 맥이 풀리고 기도할 힘과 삶의 의지조차 사라졌다.

이날은 기도를 멈추고 주문한 신선초와 케일이 얼른 배달되기를 기다렸다. 다행히 알맞은 시간에 식품은 도착했다. 급히 신선초를 씻고는 원액기에 갈아서 아버지에게 한 컵 드리고 어머니와 나도 한 잔씩 마셨다. 그리고 입원 준비물을 아버지 홀로 챙기시자 나는 아버지의 영양제와 당뇨에 필요한 호두, 아몬드도 챙겨서 비닐 팩에 담아 드렸다. 오후 3시쯤 되자 아버지는 홀로 가방을 메고 시내버스를 타고 입원하러 가셨다.

그후 계속 근심과 걱정으로 고통이 밀려들었다. 온통 신경쓰여, 목구멍을 타고 올라오는 암흑의 선들이 용광로처럼 열을 가하는 것 같았다. 내가 건강하고 안정적일 때는 하느님은 항상 나와 함께 하신다는 것을 믿지만, 순간 어둠이 닥칠 때는 아무것도 보이지도 않고 믿음도 사라지는 것 같았다. '하느님은 어디에 계시는가?'라고 울부짖으며 외치고 싶었다. 하지만 인내하며 늘 항구하게 9일 기도를 바쳤다.

하느님이 나에게 시련을 주실 때는 믿음과 희망, 사랑으로 채찍질하시고 시험하시는 것 같았다. 나에게 있어서 일상생활은 늘 무감각하게 흘러가는 것 같아도 잠시 다가오는 자극은 일시적일 때가 많다. 이런 현상은 인간의 영원성을 지향하지만, 대부분 감각적이고 인간적인 삶에 영향을 받고 살아가는 것 같다. 거부하고 싶지만 거부할 수 없는 사람과의 관계이다. 그래도 전부일 수는 없지만 인정하며 살아가야 한다.

27일에는 부모님의 건강을 간청하는 9일 기도에서 감사기도를 마쳤다. 처음부터 끝까지 항구하게 나아가기가 힘겨워서 때로는 TV를 보면 1~2시간은 단순기도문을 마음으로 읊으며 바쳤다. TV를 보아도 2시간은 무척 힘들었다. 기도는 채우기 위함이 아니라 하면 할수록 저절로 비워지는 것 같았다.

오늘은 성령강림 대축일이다. 예수님은 고난 후 십자가를 통하여 돌아가시고 부활하시며 승천하셨다. 약속대로 우리 인간에게 협조자인 성령을 보내 주셨다. 굳세게 믿으니깐 힘이 났다. 난 오늘 처음으로 '이번이 절호의 기회야'라고 생각하며 마음을 다해서 하느님께 청했다. 성녀가 되게 해 달라고 말이다. 미사 도중에 나의 심장은 아기같이 뛰었다.

내 마음은 죽은 듯이 얼어 있거나 움직임이 없는데 하느님은 내가 꼭 그렇게 기도로 청하기를 기다렸다는 듯이 깡충깡충 기뻐 뛰었다. 신기하였다. 문득 성모님이 가브리엘 천사에게서 기쁜 소식을 전해 들었을 때의 상황이 떠올랐다. 짧은 순간이었지만 철없던 아이가 어른이 되는 것 같았다.

2012. 5. 27.(일)

석가탄신일

예수님은 하느님의 아들이다. 하느님께서 사랑하는 외아들 예수그리스도를 이 세상에 보내주신 역사의 사건이다. 세상을 구원하기 위해서 몸소 인간이 되어 오셨다. 이것은 신비이다.

오늘 불교에서는 석가탄신일이다. 석가는 왕가의 자손으로 모든 것을 버리고 인간의 도를 스스로 깨우친 사람이었다. 만약 이 세상이 종교의 불협화음을 이루고 살아간다면 정말 무질서하면서도 혼란스러운 전쟁으로 인한 싸움이 빈번하게 일어났을 것이다. 그러나 요즘 세상은 종교의 자유가 있어서 참 좋은 것 같다. 석가탄신일을 맞아 하늘과 땅이 맞닿은 곳은 자비와 사랑 용서로 이 어두운 세상을 빛으로 밝혀 주시리라 믿는다. 석가탄신일을 진심으로 축하드립니다.

이날 오전은 부모님이 함께 시장 다녀오신 후로 냉전 상태다.

아버지가 쏟아부은 잔인한 욕설로 어머니는 과한 스트레스에 무척 괴로워하신다.

부부싸움이 생긴 것 같다. 아마도 어머니가 아버지의 날카로운 신경을 건드리신 것 같다.

아버지는 몸이 허약하신 만큼 신경이 아주 예민한 분이시다. 그러니깐 부드러우면서도 굉장히 날카로운 분이시다. 아마도 자식인 나 또한 아버지의 영향이 큰 것 같다. 신경이 더럽게도 날카로운 것은 말이다. 스스로 부드러워질 수는 없는 것 같다.

냉전의 시간이 길어지는 만큼 난 자식으로서 아무런 말을 할 수 없었다.

단지, 침묵뿐이다. 집안이 조용하다. 살면서 악을 피하고 지금은 잠재우고 있다.

2012. 5. 28.(월) 연중 제8주간

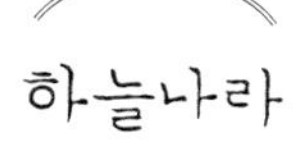

하늘나라

나에게 오전 열 시는 이른 아침이다.

보통 기상 시간으로는 아주 늦은 시간이지만 늦잠을 자는 나에겐 일어나기가 힘겨운 시간이다.

문득 노크 소리가 들린다. 아버지께서 내가 쓰는 화장실의 양변기와 세면대를 교체해야 한다고 가게에 같이 가자고 말씀하셨다. 불효자식인 난 도저히 일어나지 못하고 아버지 혼자서 가게에 다녀오시라고 하였다. 아버지는 할 수 없이 혼자 가서 가게 주인과 함께 오셨다. 그리고 화장실의 양변기와 세면기를 보고는 견적이 사십오만 원이라고 하자 아버지는 계약금 십만 원을 그 가게 주인에게 주셨다.

이후로 며칠 전 부모님의 냉전 상태가 회복되자 일상생활로 돌아갔다. 나의 아버지는 꿀벌처럼 부지런하시다. 가족 세 명이 살아가는데 이번 달의 생활비가 어느새 이백만 원을 넘었다. 세월이 흐르면 낡은 시설물은 폐기되어 새 것으로 바꾸기도 한다. 세상의 것도 자연스레 낡아지는데 인간들이라고 안 그렇겠는가? 그렇다면 인간들이 늙으면 늙을수록 새 옷과 새 영을 입어야 하는 것 같다.

자연물은 스스로 할 수 있는 것은 하나도 없다. 물건을 구매한 주인들이 때가 되면 새것으로 옷을 입히지 않겠는가? 하느님께서도 우리 힘으로 할 수 없는 것은 잘 아시기에 하느님의 은총으로 새 옷을 갈아입을 수 있다. 나는 그 날을 손꼽아 기다린다. 그렇다면 나의 새 옷은 무엇일까? 생각해보아야겠다. 하느님은 나에게 어떤 옷을 입혀 주시려고 지켜보고 계실까?

사실, 난 누더기를 고집하였다. 이제는 예복을 맞추어 입어야 할 때가 온 것은 아닐까?

어제는 신경통과 두통으로 힘이 다 소진되었다. 외부로부터 흘러오는 악의 소리, 전쟁은 나의 신경계를 완전히 죄어 버려서 숨조차 쉬지 못하였다. 병은 이렇게 찾아 드는가 보다. 이럴 때 난 외부로부터 빠져나와서 심호흡을 위해 숨을 크게 들이마시고 내뱉는 반복이 필요했다.

하느님은 온 세상에 세속인이든 비 세속인이든 신자이든 아니든 내가 가는 곳마다 선으로 살아 계시다는 것을 알게 해 주신다. 악이 없는 오직 선하신 하느님을 닮아 난 하늘나라를 꿈꿔야겠다. 선함은 어린이와 같이 되어 참 자유로울 수 있다. 단순함이 그 길인 것 같다.

2012. 5. 29.(목)

쉼의 시간

2012년 5월의 마지막 날이다.

9일 기도 (묵주기도)에서 청원의 기도를 마친 후 나는 4일간 쉬고 있다.

편한 만큼 자도 자도 졸음이 쏟아진다. 힘이 다 소진되어서 웃을 힘도 없다.

중요한 것은 매일 거르지 않고 아침, 점심, 저녁, 끝기도를 드려야 하는데 오후 1시에 일어나서 아침 겸 점심을 먹었다. 6월로 넘어가려는지 몸은 점점 더 무겁기만 하다.

오늘은 온종일 기도를 놓았다. 그리고 설거지하고 부모님 드실 케일을 갈아놓고, 이불 빨래한 것은 솜을 끼워 넣었다. 오후 6시에는 큰 제부가 오셔서 가족과 함께 옹심이 먹으러 식당에 갔다. 난 외식을 잘 따라가지 않는데 가족의 마음을 읽고는 함께하였다. 난 메밀국수를 먹었다. 의외로 맛 좋았다. 식전·식후 기도는 의무적으로 바쳤다.

이렇게 살아도 요즘은 왜 이토록 삶의 의욕이 없는가?

2012. 5. 31.(목)

삼위일체 대축일

어제는 막내 여동생 데레사가 조카 두 명 데리고 잠시 부모님을 뵈러 왔다.

시어른들과 사랑채의 오리고기를 먹으러 가기 위해서 볼일 보고 온 것 같다.

현관문이 열리자 귀여운 꼬맹이들이 "할머니, 할아버지"라고 외쳐 불렀다.

이때 조카들은 너무 사랑스럽고 귀여워서 미칠 지경이었다.

나는 그동안 선술집에서 음식 주문받느라 뛰어다니고 쏟아지는 뚝배기 그릇들을 설거지하느라 몸살이 났다. 오전은 태평양 같은 집을 청소하느라 완전히 지쳐 있었다. 그래도 일은 힘들지만, 선술집은 사랑과 행복이 넘쳐나는 장소였다. 일터의 시간이 끝날 무렵에는 온몸이 뼈를 으깨듯이 뻣뻣해지고 마비가 된 듯 꼼짝할 수가 없었다.

조카들이 오랜만에 들렀는데 슬프게도 난 줄곧 누워 있었다. 하지만 아이들의 소란에 애써 눈을 뜨고 미사 갈 준비를 해야 했다. 조카들은 친정 부모님이 잠시 보시고 나는 성당으로 발걸음을 옮겼다.

이날 ○○성당 신부님은 삼위일체 대축일에 대해서 강론해 주셨다. 사실 삼위일체는 성부와 성자와 성령은 나뉨이 없는 한 분이시다. 난 전례 중에서 대축일은 참 의미 있는 날이며 축복을 가득히 받는 날이라고 믿었다. 그래서 이날은 더욱더 정성을 다해서 미사를 드렸다.

성당에 다녀와서 보니깐, 거실에는 두 조카가 그리고 간 초상화가 있었다. 내가 보기에는 참 걸작품이었다. 그 종이에 나도 덩달아서 따라 그려 보았다. 몸은 사각형이고 그 외의 신체는 전부가 동그라미였다. 단순하면서도 사랑이 가득한 그림이었다. 조카들의 마음이 고스란히 담긴 소중한 그림을 간직하고 싶었다.

그럼 몸이란 무엇일까? 몸은 머리를 지탱하는 주춧돌이다. 그런데 현재 나의 몸은 무척 아프다. 튼튼하던 몸이 왜 갑자기 이렇게 아플까? 몹쓸 몸의 기가 어깨너머로 쇠창살(사각) 틈에 끼우듯 죄고 있었다. 몸부림을 칠 수가 없었다. 어둠 속에 갇혀서 나갈 수가 없다.

이런 상태에서 저녁기도는 호흡이 힘겨운 채로 간신히 마쳤다. 이후 9일 기도는 마치 어두운 그림자가 구름 기둥처럼 덮고는 밤잠으로 몰고 갔다. 지난주에 나는 하느님께 성녀가 되게 해 달라고 청하였는데 시련의 시작인가? 말없이 무거운 고통이 심장을 짓눌러 대었다. 금욕주의를 행하고 싶었는데 나 자신을 위한 극기는 하루도 못 되었다.

그래, 모든 것을 다 가지고 있다 해도 사랑이 없으면 난 아무것도 아니다. 새벽에 나의 의지와 기억과 지력을 다 놓아 버리고 아기 예수님을 품에 모셨다. 그리고 조카가 그린 그림을 되새겨 보았다. 그 그림에서 '하늘나라는 사다리를 타고 차근차근 밟고 올라가야 하는가 보다'라고 되새겨 보았다.

2012.6.3.(일) 삼위일체 대축일

무엇을 찾고 있는가?

그토록 죄어오던 나의 육신은 이제야 조금은 숨을 한결같이 쉴 수 있게 되었다.

며칠 전 운동한답시고 줄넘기를 한 번에 100번을 뛰었는데 욕심이었나보다.

마흔이 넘은 나에겐 너무도 가혹한 형벌이었다.

그래서 과한 운동을 멈추었다. 사실 이 방법보다는 뒷산을 산책하면 참 좋을 텐데…. 밖을 나가는 것조차도 하지 않는 게으름뱅이다.

어제는 부모님께서 남동생이 머무는 곳(사제관)에 청소하러 가셨다. 나는 그 시간을 틈내어 부엌으로 살짝이 들어가 보았다. 우선 원액기를 세척 하고는 통밀가루, 메밀가루를 섞어서 파전(부추전)을 해 볼 생각이었다. 도마 위로 요란하게 썰린 부추, 매운 고추, 당근, 양파는 거친 소리를 내었다. 안 해 보던 음식이라 힘에 겨웠다. 칼질도 제대로 되지 않았다. 그런 다음 프라이팬에 식용유를 두르고 썬 채소를 밀가루랑 조합해서 노릇노릇하게 구웠다. 그리고 감자도 볶았다. 오늘은 음식을 하느라 난늘 하던 기도시간을 놓쳐 버렸다.

이후로 나는 나물 반찬 요리들은 컴퓨터에 검색해서 찾아보고 해 볼 생각이다. 녹즙용 채소도 계획을 잘 세워서 먹어 보도록 노력해야겠다.

2012. 6. 7.(목)

삶이냐 죽음이냐?

몸이 왜 이토록 아픈가? 지금보다 더 젊은 시절에는 몸이 상할까 두려워서 일손을 던져 버리고 잠적해 버렸다. 피해버렸다. 이때는 삶을 향한 나의 열정이 없었을까? 인생의 힘겨움을 극복하고자 하는 노력도 없었는가? 아니면 너무 허약해서 이런저런 생각의 여지가 없었는가?

하지만 지금은 경제적으로 그런 형편이 못 된다. 선택의 여지는 없어져 가고 무조건 무언가를 할 수밖에 없는 상태다. 나에겐 가장 작고 보잘것없는 일이지만, 몸을 단련할 때는 인내가 필요했다. 이렇게 생각해보면 정상인으로 태어난 것도 고맙고, 내 몸이 아픈 것조차 감사할 일이다. 피할 수 없는 짧은 시간에도 억척같은 삶은, 뼈마디가 욱신거리고 모든 기력이 다 빠졌다. 내 의지로 추켜세울 수 없을 정도로 기진맥진 되어서 정신마저 더욱더 무기력해진다.

이렇게 잠들다 한세상을 그리듯….

내 몸 안으로 스며드는 그 짙은 어둠을 물리칠 수도 없었다.

그저 고통을 받을 수밖에 없었다. 나의 고통이 이렇다 하면 예수님의 십자가의 고통은 어땠을까? 예수님은 기력이 쇠하여 세 번째 넘어지심을 묵상해 보자. 정말 가혹하다. 예수님도 수난 전날 피땀을 흘리며 겟세마니 동산에서 기도하셨다. 하지만 "내 뜻이 아니라 하느님의 뜻이 이루어 지소서"라고….

예수님도 이런 수난의 시간을 물리치지 않으시고 하느님 뜻에 따르셨다. 나는 2주 정도 앓은 후 가까운 산행길을 걸었다. 맑은 공기를 마시니깐 상쾌해져 왔다. 나무에서 뿜어내는 피톤치드로 나의 육신은 조금씩 날아올랐다.

2012. 6. 14.(목)

여성이 되는 길

6월은 예수성심성월이다.

나는 2주간의 긴 시간 동안 어둠의 그늘진 골짜기에서 큰 십자가를 지고 그 무게에 지쳐서 거의 세 번이나 넘어졌다. (예수님이 십자가의 길에서 세 번째 넘어지심을 묵상하며 걸어가고 있는 시간…) 이전에는 방 한구석에 앉아서 기도 책만을 읊었는데 6월은 부엌으로 나와 있는 시간이 4~5시간 되었다.

선술집에서는 일의 무게가 단순하지만, 손님들이 평소와 다르게 갑자기 몰려들면 어깨와 무릎의 근육통과 손가락 마디마디마다 욱신거렸다. 더욱더 힘든 것은 기력이 없어서 꼼짝하지 못하였다. 자리에서 일어날 수가 없었다. 그러나 꼭 사흘이 지나면 조금은 완쾌되어서 죽었다가 살아나는 것 같았다. 아플 때는 너무나 괴로워도 '그만큼의 뼈가 자라고 튼튼해지듯 어른이 되어 가는가보다'라고 이해할 수밖에 없었다.

난 부모님께서 1주일에 수요일, 토요일은 남동생(사제관)을 방문하시고 돌아오시면 거의 지쳐서 돌아오셨다. 그래서 저녁밥은 내가 해 놓아야겠다는 결심을 했다. 주방 경험이 없는 나는 우선 컴퓨터 검색을 통해서 쉬운 국거리, 밑반찬 거리를 A4용지에 재료들을 써 내려갔다.

그리고 원액기에 비타민A가 풍부한 당근도 갈고 영양가가 많은 신선초도 열심히 갈았다. 이렇게 하다 보니깐, 조금씩 여성스러움이 생겨나고 과거의 모습이 채워지는 것 같았다. 20대의 그 얌전했던 여자는 어디로 가고 괴상한 여인의 자태로 허공을 떠다녔을까? 무엇을 잃고 무엇을 찾고 있는가? 어쩌다가 본래의 영혼을 떠나 보내고 인공적인 모습만을 채우려고 하는가? 그런 시간이 어느새 10년째 접어들었다.

그동안 헤맸던 10년간은 남성의 시간이었다. 쉽게 풀이하자면 자연 본래의 모습을 거스르고 이성만을 고집하며 살아왔다. 뒤바뀌어진 성의 갈림길이 되돌아가는 것 같았다. 시간의 공간 속에서 하늘만 바라보는 것이 아니라, 행동으로 실천하며 제자리로 옮겨져야 할 나의 몫이라고 생각되었다.

여성이 여자로서의 존재감을 잃어버리면 주검과 같은 것이다. 아픈 만큼 겸허해지는 것 같다. 그 무엇에도 저항할 수 없다. 교만하고 철없는 세속적 모습은 뼈를 깎는 아픔으로 자연스럽게 성숙해가는 것 같다. 육체의 한계를 바라보는 나로서는 너무 괴로웠다. 이 세상은 참 이상했다. 건강한 자는 큰소리치고 약한 자를 무시하며 멸시하였다. 세상은 과거도 지금도 변함이 없었다.

난 '어둠의 시간이 이상하다'라고 여기면서도 그저 받아들였다. 고통스러울수록 물질적인 것과는 더욱더 멀어져갔다. 하느님을 향해 가는 나의 모습이 보였다. 오늘도 여전히 음식 재료들을 찾으며 여성의 길에 한껏 젖어 보았다. 힘이 사라지면 그 무엇도 쥘 수 없는 것을 알지 않는가? 이렇게 내가 비워지면 비워질수록 하느님만이 나를 인도하시니깐 말이다.

2012. 6. 17.(일)

집안일과 세상일의 차이점

낮 열두 시에 일어나서 점심밥을 먹고 부모님과 함께 먹을 신선초를 갈 준비를 하였다.

점심 메뉴는 돼지목살과 삼겹살을 고추장에 버무린 양념으로 맛있게 구워 먹었다.

테팔 전자 프라이팬에 식사를 같이 준비하는 일은 큰 화합이 필요했다.

다툼도 냉전도 사라지고 친교의 화합이 이루어졌다. 맛있는 식사를 마치고 정성스럽게 준비한 신선초, 케일, 양배추, 사과를 깨끗이 씻어서 다듬었다.

집중해서 하는 일은 모든 기력을 다 앗아갔다. 정신이 맴돌고 나자, 조심스레 갈기 시작했다. 푸르고 푸른 잎은 즙을 800ml 쏟아냈다. 이후 부모님이랑 한 잔씩 들이켰다. 뿌듯했다.

창밖은 부슬부슬 여름비가 가뭄을 잊게 하듯이 줄기차게 내렸다. 나는 부엌을 다 정리한 후 집안의 창틀을 닦았다. 쇠창살을 끼고 있던 유리창은 어느새 말끔해졌다. 난생처음으로 부모님과 집안일에 동참했다. 예전에는 남의 일처럼 무관심하게 베짱이처럼 빈둥거렸는데, 근래에는 육체적 노동으로 힘겨워진 후 아픈 만큼 타인을 이해하는 폭도 넓어져 가는 것 같다.

인간이 되어가는 나의 모습에 스스로 정말 대견스러웠다. 오후에 집안일하느라 에너지를 다 소진해버린 나는 맥없는 모습으로 선술집에 출근하였다. 힘이 없으면 표정도 어둡고, 살이 빠져서 흉측해 보였다. 요즘은 자주 기억력도 쇠퇴하자 여사장님은 흥분된 목소리로 크게 나를 꾸짖기 시작했다. 손님이 줄어들자 더욱 지쳐가고 지루했다. 결국, 여사장도 인내의 한계에 달했는가 보다. 고용된 자가 약한 모습으로 일하기에는 역부족이라고 신경질을 내었다. 내가 보기에는 그들도 지쳤나 보다. 매출이 일정하게 나오지 않으면 고용된 자는 가게 주인들의 먹잇감이 된다. 어쩔 수 없이 일터의 아쉬움을 접고 새로운 장소를 찾기로 했다. 낮의 일, 밤일의 술집은 굉장한 노동력이므로 상당한 체력과 순발력이 있어야 했다.

아무리 열심히 일하지만, 실속 없다고 한탄하는 그들이 조금은 야속한 것 같았다. 그래도 내가 일을 그만두고 나오는 것이 서로를 위한 길이라고 판단했다.

가족이 아닌 이유로 감정도 성냄도 유지될 수 없었다. 세상일이란 명백히 고용주와 고용인의 관계라는 것을 다시 한번 되새겨본다. 그들은 아쉬울 것이 없으니깐 말이다. 결국, 사회의 일은 약한 자의 슬픔인 것 같다. 이번 일로 확실하게 느끼고 체험하게 되었다.

나에겐 그 무언가의 메시지가 마음속에서 울릴 때가 있다.

지난주쯤, 하느님이 그 일터에서 그만하고 나오라는 것을….
하지만 나는 인간의 정과 일자리를 저버리기가 쉽지가 않았다.
하느님보다 인간과 세속 일에 얽매어서 빠져나올 줄 몰랐다.

그러나 인생을 살아오면서 하느님보다 우선인 것은 여태껏 아무것도 없었다. 그동안 세상의 노예살이에 너무도 익숙해 있었는지도 모른다.

2012. 6. 18.(월)

자아의 정체성 찾기

난 선술집에서 힘든 육체적 노동을 한 후 체력이 저하되자 아쉬움을 접고 그 환경에서 벗어났다. 그리고 며칠간 쉼의 시간을 가졌다. 충분히 더 쉬어야 하는데 경제적인 이유로 그러니깐 먹고 살아가는 일이 어디에서든 가장 힘들었다. 내 입맛에 맞는 일 찾기가 그렇게 쉽지가 않았다. 할 수 없이 집 근처의 빵집에서 일하게 되었다.

요즘은 태어나서 처음으로 해보는 일이 연속적으로 일어난다. 늘 새로운 일이다. 생활도 궁한 만큼 일에 대한 호기심도 생겨났다. 한참 고민 후에 난 빵 가게에 들러서 간단하게 면접을 보았다. 분주하게 일하는 모습으로 보아서는 다들 젊은 세대였다. 젊은 세대에 비하면 난 나이가 좀 든 40대 초반이었다. 그동안 빵 가게에 들러서 사서 먹을 줄만 알았지 빵들이 어떻게 구워져 나와서 판매되는지는 몰랐다.

빵 가게는 의외로 엄청나게 바빴다. 우선 시간제 아르바이트를 시작하게 되었다. 출근하면 유니폼을 갈아입고 두건을 쓰고 앞치마를 입었다. 그리고 생지 식빵은 직접 만든 빵이고, 완제식 빵은 본사에서 배달되는 빵임을 숙지해야 했다. 내가 일하는 이 빵가게는 제법 큰 가게였고 하루의 매출도 좀 많은 편이었다. 여사장님은 키는 아주 작고 여위었어도 무척 강인하신 분이셨다. 어제는 케이크 판매량이 매우 많았다. 오늘도 마찬가지였다.

이곳은 카운터 자리가 제일 중요한 곳이었는데 고객을 상대하면서 계산하기는 어려웠다. 경험도 전혀 없는 나에게는 힘겨웠다. 우선 난 말단 아르바이트 일꾼으로 행주도 삶고, 그릇세척도 하였다. 이 일을 할 때면 꼭 수도원에서 주방 소임을 하는 듯한 느낌이 들었다. 장소는 바뀌어도 수련을 받는 듯한 몽롱함이 잠시 지나가기도 했다.

빵집은 아기자기한 일이라서 시간은 긴 것 같아도 굉장히 빨리 지나갔다. 처음 해 보는 일이지만 재미는 있었다. 그뿐만 아니라 빵집에서 만나는 사람들도 다양했다. 하지만 참고 인내하는 것은 무엇보다 중요했다.

사실, 이 세상에서 가장 인내심이 강하신 분은 누굴까? 그분은 하느님 한 분뿐이시다. 난 참으로 잠꾸러기이다. 나이가 들어서도 노력해보았지만 극복하지 못했다.

제대로 된 일을 하기엔 무척 늦은 나이라고 생각한다. 42세가 되니 그동안 무시해오던 일을 찾고 몸을 단련하기 위해서 일거리를 이리저리 찾았다. 그러나 내가 있을 자리는 단 하나도 없었다. 난 왜 안되는가? 바보도 되는데 왜 난 안 되는가? 정말 괴롭고 미칠 지경이었다.

난 열심히 잘 하려고 노력하는데 이웃은 실속이 없다고 힘이 없다고 모두 배척하였다.

그래도 하느님 사랑의 손길을 항상 느꼈다는 것이 중요하였다. 하느님은 내가 그 무엇도 하느님보다 더 낫게 여기지 못하게 하셨다. 아브라함은 귀한 아들 이삭을 제물로 바치도록 하셨고 그 신앙심을 시험하셨지 않은가? 힘겨울 때마다 난 이해할 수가 없었다. 하느님의 뜻을….

하느님, 저는 어디까지 언제까지 낮추어져야 합니까? 저의 귀중한 것은 다 앗아가시면서 대체 왜 이러십니까? 난 슬픔만 쌓였다. 그 무언가를 애착하고 있었는데 소중한 일부분이 떨어져 나갈 때면 얼마나 아픕니까? 친구, 일, 벗한 시간 떠나서 새로운 길을 찾기가 쉽지 않았습니다.

그러나 난 떠날 수밖에 없었다는 것을 압니다. 하느님이 떠나라고 하시면요. 근데 지금은 왜 이토록 행복해지는 걸까요? 미소가 저절로 흘러나왔다. 그것은 사랑하기 때문이겠죠. 하느님을요.

이젠 잠을 좀 줄여야겠다. 뭔가를 비우고 나니깐 홀가분해진다. 그러고 보면 환경은 참 중요하다고 본다. 문득, 잠든 순간 하느님 당신은 내가 여태껏 깨닫고 알아듣기를 기다리시고 참아주셨지 않은가? 이젠 일을 두려워하지 않겠다. 세상일에 문을 두드리고 부딪히며 살고 싶다. 인간에게 물어보면 대부분은 못하게 하고 안 된다고 막아버리기만 한다. 제가 살면서 신뢰를 못 얻고 살아와서 그런 걸까요? 이제는 묻고 살아가기보다는 스스로 판단해서 걸어가는 내가 되어보고 싶다. 빵 가게 출근하고는 활동시간이 달라졌다.

말도 조심하고, 행동도 주의하고… 조금은 여성스러워져 가는 것 같다.

2012. 6. 27.(수)

고통의 성모님

나는 한 달 전만 해도 일을 하느라 죽을 것 같았다. 오랜만에 용돈을 좀 더 벌려고 욕심을 더 내어 보았다. 빵집 일을 우습게 생각하고, GS편의점에서 주말 동안 9시간의 일을 난생처음으로 하였다. 하지만 이 일을 시작하기 전 나는 생각해보았다. 여자가 새벽 일을 어떻게 하느냐? 갑작스럽게 해보지도 않은 위험한 일을? 어떻게 감당하려고? 이런저런 생각들이 나를 괴롭히자 두려움을 성모님에게 맡겨드리고 주말 일을 하였다.

이 세상 모든 일이 그럴까요? 겉으로 보는 일과 실제 생활을 해보는 일은 천만분의 일이란 비율이 맞을까요? 나에겐 이 정도의 차이였다. 거의 물류를 정리하는 일이 많았다. 금요일은 5시간을 빵집에서 일하고 그날 11시까지 GS편의점 가서 앉을 여유도 없이 아침 7시 40분까지 분주하게 움직였다. 이렇게 계산대에 선 자세로 꼬박 밤을 새웠다. 더욱더 놀라운 것은 어떤 사람들은 평일에 직장 일을 마치고 편의점에서 시간제 일을 하고 다녔다. 나는 그들에게 물어보았다. 힘들지 않냐고? 그들의 대답은 "재미있어서 힘든 줄을 모른다."라고 하였다.

중요한 것은 그들과 나는 참 다르다는 것이었다. 몇 주가 지났다. 체력이 저하되자 어떤 일도 못 할 만큼의 만신창이가 되었다. 그래서 한 번은 성당도 못 갔다. 난 돈을 벌면서 세상 사람들의 면목을 생각하느라 내 몸은 점점 죽어가고 있었다. 나는 체력이 튼튼하지 못하였다. 육신의 기본 체력이 사라지자 숨쉬기조차 힘들었다. 그 누구에게도 하소연할 수가 없었다. 직장동료와 부모님에게도 답답한 심정을 말씀드릴 수도 없었다. 아마도 내가 지고 가야 할 십자가였을 것이다.

결국, 체력의 한계를 넘어서다 보니깐 이비인후과를 들렀다. 목젖 주위는 빨갛게 부어올라 심각한 상태가 되자 레이저 치료를 받았다. 의사는 2주간은 병원을 방문하라고 하셨다. 난 그 말씀을 듣자 곧 죽을 것 같았다. 힘은 다 소진되고 입을 열고 말할 기운조차 없었다. 처방전으로 받은 약은 너무 독해서 정신이 마비되는 것 같았다. 게다가 빈혈 증세로 어지럽고 더위를 먹은 상태였다.

나는 열심히 살아보려고 애쓰며 게으름을 일깨우고자 노력한 것뿐인데, 결과는 너무 참혹했다. 병원을 다녀오는 길에 할 수 없이 GS편의점 점장님에게 말씀을 드렸다. 몸이 너무 아파서 일을 그만두어야겠다고 말씀드렸다. 때로는 남들처럼 독하게 살고 싶지만, 도저히 나는 그렇게 할 수가 없었다. 그래서 더욱 속상

했다. 하지만 이런 나를 인정하고 받아들여야 했다. 내가 하는 일은 아주 보잘것없는 일이라고 생각했다. 그날 일해서 그날 벌어먹고 살아가는 일 말이다. 한마디로 막노동이었다.

한동안 경제에 굶주렸던 난, 세상 물욕에 눈이 어두워 건강을 해쳐버렸다. 사람이 커지고 작아진다는 것은 무엇일까? 난 또다시 병들고 아프기 시작했다. 그래도 '사흘간은 죽었다가 살아나겠구나'라고 생각했다. 7월 30일, 31일은 휴가를 얻어서 푹 쉬면 나을 거라고 희망을 지녔다. 그러나 약을 복용하면 할 수록 마약같이 취하는 것 같아서 휴지통에 몽땅 버렸다. 이럴 때는 내가 작아지고 또 작아지고 아주 작아진 것 같았다.

'나'라는 사람은 장점일 수도 있고 단점일 수도 있겠지만, 사건이 발생하기도 전에 추측하고 판단해 버리는 습관이 있었다. 때로는 악의 길을 막을 때도 많다. 하지만 도전의식이 좁아져서 소심하게 변해버리기도 한다. 나는 그동안 악한 일이 발생하기 전에 미리 막느라고 나 아닌 다른 모습으로 살아갈 때가 많았다. 그래서일까? 나에게 적합한 일을 여태껏 해 보지 못했다. 이것저것을 가리느라 말이다. 나는 늘 자신을 무능력한 자이고, 힘없고, 세상일에는 쓸모없는 자라고 생각하였다. 지금의 나이까지 밑바닥의 삶을 허우적대고 있으니 참 힘겨웠다.

늘 품팔이 일을 하느라 급급해하고, 목숨만 간신히 붙어있을 정도로 금전의 빈곤함이 반복되었다. 마음 한구석에는 경제의 힘겨움이란 고통을 안고 살았다. 하느님은 아직도 "내 말이 들리느냐"라고 말씀하시지만, 나는 잘 듣지 못하고 내 생각대로 고집하며 살아왔는지도 모른다. 나만의 삶이란 고통이 극도로 고조되어가는 중, 아버지에게 긴급한 사건이 발생했다.

아버지는 이젠 소변이 나오지도 않고 그곳에서 피가 연속적으로 흘러나왔다. 새벽에는 고환에서 물집이 볼록하게 혹처럼 축 늘어져 생겨났다. 어머니가 그 상황을 말씀해 주셨다. 그 후 마음속에 근심이 커지자 가족 모두 걱정이 되었다. 토요일이지만 아버지는 어머니랑 함께 부산에 있는 남동생(사제관)에 가시지 않고 휴식하셨다. 아버지는 다리와 발이 붓기 시작했고, 소변을 직접 기구로 빼내셨다. 의학용어로는 아마도 스스로 넬라톤을 하신 것 같았다. 그때 아버지의 고통이 얼마나 컸을까?

난 잠들기 전 성모님에게 도움을 청했다. 어머니도 기도를 드렸다. 어느 날 새벽, 어머니의 밝은 음성이 들렸다. 또 다른 고환 쪽에 혹인가? 걱정했는데 사라졌다는 거였다. 어머니는 마치 기적 같아.! 마치도… 의아해하시며 나는 줄곧 침묵했다. 그날 이후 난 성모님이 참 가깝게 느껴졌다. 성모님! 고맙습니다.

2012. 7. 31.(화)

아버지의 고통

삼 년 전 아버지께서 소장을 들어낸 이후 소변 기관은 핏줄기로 가득하였다. 수동으로 뽑아낸 고무 튜브도 소용없었다. 아버지는 소변 주머니를 달고 다녀야 하는 수술을 다시 받으셔야 하는데, 갑작스럽게 부어오른 다리는 터질 것 같았다. 거동을 못 하실 정도로 얼굴은 더욱더 쇠약해져 가고 있었고 힘겨워 보였다. 어머니는 근래에 집과 병원을 통근하듯이 다니셨다. 그러나 지금은 병원에서 아버지 곁을 지키며 발 운동도 하시도록 도우셨다. 그곳에서 아버지를 돌보느라 어머니도 살이 많이 빠지셨다.

인간은 참 의문이다. 핏줄과 떨어져 있는 상태에서는, 아무래도 눈에 보이지 않기 때문에 그 아픔은 적고 근심 걱정만 쌓이겠지만 몇 시간이라도 함께 호흡하다 보면 슬픔이 배가 되어 쌓이곤 하였다. 짐승들도 가장 기본적인 오줌과 똥을 원활하게 배설하는데 인간인 아버지는 현재 힘겨운 상태다. 그리고 그동안 드셨던 음식을 토해내느라, 의사가 일주일 정도 금식령을 내렸다. 뱃속의 굳은 똥 덩어리는 거의 마귀처럼 달라붙어서 인간의 피를 먹고 있는 듯했다. 이 사악한 똥 덩어리가 흘러 나올 방법은 없을까? 관장을 하여도 꿈쩍도 하지 않는 똥 덩어리가 정말 야속하다. 변비에 걸려본 사람은 그 심정을 잘 알 것이다.

난 살면서 아버지랑은 피부 접촉이 거의 없었다. 아마도 자식들 대부분이 그랬다.

장소 가운데서도 병원을 제일 싫어했기 때문에 아버지가 입원해 있으셔도 병원방문을 하는 것이 불편했다. 이제는 어둠의 생각들과 그림자가 사라져가는 것 같았다. 지난 수요일 어머니를 대신해서 병원을 방문하였다. 아버지는 구토 후 기진맥진한 상태였다. 식사를 제대로 못 하자 휴식 후 죽을 드셨다. 그리고 나는 아버지의 발과 등을 닦아 드렸다. 함께 있을 때는 몰랐지만, 병원을 떠나올 때는 눈물이 흘렀다. 늘 그렇게 근심과 걱정이 쌓여갔다.

병문안을 갔을 때 아버지 곁에는 방어진의 꽃바위 성당의 신자들이 방문해서 아버지의 쾌유를 위해서 기도해 주었고 병자성사를 통한 병자 영성체도 받으셨다. 이러한 상황에서도 하느님은 보이지 않지만 보였기에 믿음은 더욱 깊게 새겨졌다. 내 몸은 힘들지만, 아버지께서 하루바삐 건강한 모습으로 돌아오셨으면 좋겠다.

2012. 8. 26.(일)

기도의 고통

함께 있을 때는 가족의 소중함을 알지 못했다.
같은 핏줄의 의미는 무엇인지 느낄 수가 없었다.
요즘 아버지가 한 달째 입원 중이라 자주 뵐 수 없었다.
일주일째 금식 중이라서 체중이 거의 10Kg이나 줄어들었다.

아버지랑 통화하려 해도 기운이 없을 것 같아서, 어머니랑 매일 전화통화로 아버지의 소식을 들었다. 인간은 과연 홀로 살아갈 수 있을까? 내가 겪기로는 생명감이 사라져간다는 것이다.

음식을 섭취해도 기력이 없어지는 것은 무엇일까? 기운은 점점 가라앉았다.

부부는 하나이며 신비라고 하는데 우리는 그 소중한 순간들을 잊고 살아가는 것 같다.

인간은 그 자체의 생명 끈을 가지고 믿고 의지하고 그렇게 연결의 인맥을 이으며 살아가지 않는가? 난 예전에는 전화통화를 하기가 참 어려운 사람이었다.

그런데 떨어져 지내니깐 가족의 안부가 너무도 궁금하고 필요했다. 아버지의 병이 얼른 완쾌되어서 집으로 돌아오셨으면 좋겠다.

이른 새벽 볼라벤의 위력으로 창문이 흔들렸다. 하지만 울산은 잠시 스쳐 지나갔다.

이후 몸은 까라지고 자꾸만 피곤해져 왔다. 어제는 항상 부모님을 위한 9일 기도에서 감사기도가 끝나는 날인데 눈은 감기고 몸은 점점 무거워 그 무언가에 의해서 내리눌려지는 것 같았다. 아! 정말! 고통스럽다. 잠들고 싶다. 정신과 육체는 깊은 잠에 들고 싶었다.

나는 기도가 가벼운 적은 단 한 번도 없었다. 항상 무겁고 힘겨웠다. 시간이 지나면 지날수록 그렇다.

2012. 8. 29.(수)

나의 악습들

위의 삶은 무엇이고, 아래의 삶은 무엇인가?

가족들이 먹고 살아갈 수 있는 상태에서 더 이상의 부유함도 가난함도 없음은 나만의 평정 상태다. 나에겐 뒤로 물러날 수도 없고 그렇다고 앞으로만 계속 전진해 나가면 과욕이 된다. 문득 지난날의 가난에 대해서 생각해본다. 나에게 주어진 길에서 지독한 가난이라고 그토록 몸부림을 쳐보았지만, 무슨 변화가 생겼을까? 지금 돌아보면 꾸준히 그 무언가를 향구하게 나아가는 인내가 참으로 필요했던 것 같다. 잠시 멈추고 우선 나 자신을 인정하고 받아들이자! 그런데 전진할 수 없어서 멈춘다는 것은 머무는 것이다.

오늘은 아버지께서 병환으로 병원에 계셔서 가족들 모두 그곳에 모였다. 아픈 그 자리에….

아버지는 병약하시지만 큰 힘을 가지신 것 같다. 하느님과의 관계가 부족했던 그곳에서는 눈물, 걱정, 분노를 털어내기도 한다. 모두가 기계처럼 일상생활을 했다. 그러나 지금은 가장 보잘것없는 병약한 이곳에서 만남을 통해 사랑은 열렸다. 빛과 어둠이 교차 되는 시간이었다.

이런 광경을 보면 사랑은 생각하는 것이 아니라, 행하는 것인가 보다. 아버지께서는 금식이 풀리자 죽을 드시고 기운을 조금 회복하시는 것 같았다. 그러나 붓기는 여전했다.

오늘날 21세기의 세상은 물질적 만능주의 추구로 인간들의 정신은 점점 파괴되어가는 것 같다. 몸은 더욱더 편리해지는 만큼 보이지 않는 정신의 세계는 퇴폐적인 만큼 크게 상실되어가는 것 같아서 안타깝다. 전 세계적으로 보면 성폭행, 범죄자들은 이 세상에서 줄어들기보다는 점차 늘어가고 있다. 그래서 사회적인 문제가 크게 발생하고 소름이 끼칠 때가 많다. 성의 윤리도 점점 파괴되어가고 있으니 가슴이 아픈 일이다.

가던 길을 잠시 멈추어 보자. 그래! 그 순간조차 견디기가 힘들 것이다. 왜냐하면, 우리 인간은 세상의 소음에 익숙해 있고 전자매체의 노예가 되어가고 있으니 말이다. 휴대폰, 즉 스마트폰을 손에서 내려놓자. 그리고 시계도 내려놓자.

그러다 보면 뱃속의 허전함이 더해진다. 채우고 채워도 곧 비워지고 끝이 없다. 허기도 내려놓자. 음식의 폭식도 내려놓자. 권위와 직책도 잠시 내려놓자.

뭐가 보이는가? 우리는 무엇을 찾고 있는가? 인간은 이렇게 해 보아도 또다시 본래의 자리로 돌아간다. 나를 보자. 현재 몸무게가 2Kg이 빠졌다. 체중이 미달인데도…. 그래서일까.

늘 음식 먹을 생각이 떠오르고 머리 주위에서 맴돌아서 떨쳐버릴 수가 없다. 습관적으로 용변을 보고 나서도 늘 먹는다. 위장이 작아서인지 음식물이 조금만 쌓여도 항문으로 밀려 나온다. 늘 나의 배를 채우려고만 한다. 그러다가 위장은 과식으로 끙끙 앓게 된다.

이젠 나의 문제로서 심각한 인식이 필요하다.

나는 해결책을 찾기 위해서 우선, 음식을 최대한 골고루 천천히 섭취하는 습관을 길러야 했다. 맛있는 것을 보면 무조건 반사로 군침이 흘렀다. 그래서 바로 먹어 버리려는 악습이 습관적으로 생겨났다. 이젠 속도를 조금씩 늦추어야 할 것 같다.

긴 시간 동안 나의 위장과 몸은 그늘지고 있었다. 점점 빛이 없는 길로 옮겨가고 있는지도 몰랐다. 이것은 아마도 나의 죄에 대한 그림자인가 보다.

2012. 9. 13.(목)

아버지의 고통을 묵상

산바 태풍이 이틀째 이어지고 있다. 잔잔한 비바람은 서서히 창문을 두드리고 시멘트와 아스팔트를 뚫는 소리로 착각할 만큼 세차게 내리고 있다.

내일은 또다시 병원을 방문해야 한다.

그 계획으로 피로로 굳혀진 몸을 푸느라 목욕탕을 다녀왔다. 잠시 휴식을 취한 후 내일 병원에 들고 갈 음식을 만들기 시작했다. 낙지 잡채와 오징어채 무침 두 종류만을 준비하는데도 땀을 뻘뻘 흘렸다. 난 지쳤는지 또 잠깐 쉬었다가 구약, 신약 성경을 연이어서 1장씩 읽고 잠들었다. 한참 후 정신을 가다듬고 TV를 끄고 9일 기도를 하였다.

아버지의 고통을 생각하며 아버지의 병든 곳, 배 위에 마음을 담아 두 손을 올려놓고 기도 드렸다. 비록 육은 떨어져 있어도 영혼은 밀접하기를…. 난생처음으로 아버지를 기억하며 간절히 기도하였다. 어찌 보면 기도의 횟수는 같아도 변화가 없고 나아짐이 없다는 것은 '기도를 드리는 자식의 정성이 부족하였던 것이 아닐까?'라고 생각해본다. 집중력도 그렇고….

성경의 이런 말씀이 떠오른다. '네 힘을 다하고, 네 마음을 다하고, 네 정성을 다하여 하느님을 사랑하여라'라고 말씀하셨는데 난 그 무엇에도 근접하지 못하였던가 보다. 하느님의 도우심이 절실히 필요할 때이다. 더불어서 아버지의 고통을 더 깊이 묵상해 보아야겠다.

2012. 9. 16.(일)

인생의 의미

어제는 병원을 방문하였다. 며칠간 깊이 잠들지 못해서 두통에 시달리고 있었다. 두 어깨는 피로에 짓눌려 과로의 증세가 나타나기 시작했다. 이렇다 보니, 어머니의 생신이 목요일이었는데 잊고 지나쳐 버리고 말았다. 늦었지만 난 간단한 음식을 장만했다.

꽃등심으로 두부 된장국을 끓이고 오이, 아삭 고추, 된장, 콩나물 볶음과 무침, 양배추와 몇 가지 채소를 곁들인 샐러리를 준비하다 보니깐 식은땀이 흘렀다. 이어서 포도 두 송이를 녹즙기에 갈았다. 자연 그대로의 꿀맛이었다. 애써 완성한 음식을 그릇에 꼭꼭 담았다. 그리고 양손에 소중한 보물을 들고 쨍쨍한 햇빛을 받으며 걸었다.

○○대학병원 7236병동을 방문하였을 때는 분위기가 어두웠다. 암 투병 중이셨던 할아버지 한 분이 임종하셨다. 고통으로 끙끙 앓으시다가 떠나가셨다. 왠지 서운하고 마음이 아팠다. 아버지는 금식 중이라서 무척 여위셨다. 하지만 발등에는 핏기가

돌기 시작하고 붓기는 상당히 빠지셨다. 그런데 뱃속의 가스를 빼느라 항문에는 호수를 다셨다. 인간이라기보다는 거의 도살되는 가축처럼 보였다.

어느새 이 병실에는 두 분이 임종하셨다. 난 인간의 존재감이 있고 없고를 생각하지 않을 수 없었다. 고독과 슬픔에 잠시 갇히게 되었다. 아버지는 주무시는 동안 소변이 밖으로 새어 나오자 어머니가 돌보아 주셨다. 그리고 난 아버지를 돌보느라 고생하시는 어머니를 챙겨야 했다. 곧 준비해온 음식을 놓고 어머니와 함께 식사하였다. 아버지는 드시지 못해서 곁에서 먹기가 미안했지만 어쩔 수 없었다. 난 신경성으로 두통이 더욱 심해지자 일찍이 병동에서 나왔다. 쉬고 싶었다. 집으로 돌아와서는 깊이 잠들었다. 9일 기도드리는 것을 잊은 채….

죽음이란 나에게 과연 어떤 의미를 가져다주는 걸까?

거의 두 달째 다 되어가는 시점에 난 홀로 집을 지키고 있었다.

내 인생에서 무슨 의미일까? 문득 부모의 빈자리와 그 발자취가 고맙게 느껴졌다.

난 어디에 있었을까? 쉴 수가 없었다. 신경은 항상 날카롭게 일어서 있었다.

중요한 것은 이젠 지금 이 순간 이후로 생각이 나를 지배할 수 없다는 것이다.

난 다시 기도 생활로 돌아가고 싶었다. 신심 깊은 신앙생활로 하느님께 조금 더 가까이 가고 싶다.

2012. 9. 23.(일)

하느님의 은총

거의 두 달간 일주일에 두 번은 음식을 나르느라 힘겨웠다.

집에서 병원까지 버스를 타고 가면 거의 1시간 걸렸다.

지나친 의무감으로 내 몸속의 시스템이 기계처럼 반복되어 흘러갔다.

봉사는 가족을 위해서 한다지만 힘겨운 십자가의 짐을 나누고 싶었다.

음식을 부지런히 나르는 것은 천사를 뜻하는 것이었나 보다.

사실 아르바이트 일을 하면서 봉사활동을 하기는 무척 힘들었다. 비록 가족의 일이어도 버거웠다. 이처럼 바쁘게 보낸 일상생활을 잠시나마 멈추어 보려고 한다.

가정에 머물면서 하느님과 함께 고요히 머물고 싶다. 오늘은 오전 열 시에 일어나서 아침기도 드리고 성경을 읽고 9일 기도에서 감사의 기도를 고요 중에 드렸다. 움직임의 10시간보다 머무는 1시간이 더 힘겨웠다. 오늘 제1 독서의 말씀은 '네 마음을 다하고, 네 목숨을 다하고, 네 힘을 다하고, 네 정성을 다하여 하느님을 사랑하여라'. 그런 다음 '네 이웃을 네 몸같이 사랑하여라'하고 예수님은 말씀하시고 그렇게 '실천하여라'라고 말씀하셨다.

한동안 계명이 뒤바뀐 것 같았다. 내가 아무리 많은 일을 하여도 하느님이 첫 번째가 되지 않으면 나는 허깨비, 허영심, 헛소리와 같다. 나는 본성이 게을러서 무엇을 해야 할지 몰랐다. 안일주의도 있었다. 이런 제멋대로의 사랑, 규칙 없는 사랑, 하느님이 오히려 두 번째가 되어버린 이기적인 나의 모습을 다시 바르게 옮겨 놓아야 할 시간인가 보다.

난 하느님의 말씀을 한 번도 들어 본 적이 없는 것 같다. 그러나 마음의 평화가 완전히 내 존재 속으로 스며들면 말로 표현할 수 없는 평온함 곧 성령이 머무시는 것을 느낄 때가 있었다. 그때는 난 아무런 생각도 필요 없고 말도 필요 없고 그저 머무는 순간은 행복의 극치일 때가 있다. 천상에 있는 것처럼… 그러나 아침에 눈을 떠 보면 죽음으로 모든 게 없기만 하다.

난 다시 죽었다가 생기를 찾고 어린아이처럼 살아가기 시작한다. 이것은 신비한 것 같다. 이 이상은 표현할 길이 없다.

지난 9월 말은 추석이었다. 부모님은 병원에 계셨다. 난 큰딸로서 갑작스럽게 십만 원을 찾아 마트에 들러서 나물류 등 시장을 보고 어머니의 일을 받아서 해야 했다. 책임감이 무엇인지 몸이 아픈데도 빠른 속도로 튀김도 하고 도라지, 시금치, 고사리, 콩나물을 볶았다. 귀한 손님인 남동생 사제를 맞이해야 했다. 저녁 늦게 사제는 신자들이 한가위 선물로 준 음식을 가져왔다. 난 그곳의 가난한 성당이 이처럼 귀한 선물을 주신 것에 감사하며 받았다. 그리고 놀랐다. 요한 사제가 사제로서 존경을 받고 있고 훌륭하게 직분을 다하고 난 결과물이라고 생각했다.

하느님의 은총 없이는 사제 생활이 얼마나 힘든가를 안다. 한가위를 다 보내고 목욕탕에 갔다. 부글부글 오르는 따뜻한 물은 얼마나 평온한가, 문득 고마움을 느꼈다. 모든 인간은 물속에 들어가면 자유롭게 생각될 것이다. 물은 정화의 의미다. 더러운 묵은 때를 벗겨 주듯이 물의 세례도 몸을 물속에 담그기도 하고 성수로 뿌려 기도를 받고 새사람이 되지 않는가? 그러면서도 물은 어머니의 품속 같기도 하다.

2012. 10. 8.(월)

아버지를 위한 기도

지난주는 슬픔의 골짜기에서 헤매는 시간이었다.

아버지의 건강이 좋아지기보다는 2개월 넘어서야 대장암이라는 결과를 듣고는 가족 모두 눈물을 흘리고 슬픔을 삼켰다. 난 가슴에서 올라오는 슬픔이 목구멍에 맺히자 통증이 느껴졌다. 아버지의 존재가 얼마나 큰지는 암흑의 소식을 듣고 난 후 더욱 더 절실히 다가왔다. 세상에서는 대장암이 그렇게 큰 병은 아닐지는 모르지만, 아버지에게는 심각하였다.

일흔의 연세에 당뇨병으로 고생하셨다. 3년 전에는 본인의 소장을 이용하여 인공 방광을 다셨다. 아버지는 인공 방광으로 소변을 걸러내어도 원활하게 흐르지 않았다. 결국은 소변이 막히게 되는 현상이 빈번하게 나타났다. 그러다 보니깐 몸은 위험속도로 붓기 시작했다. 병원에서 수술할 수는 없다고 하자 희망은 사라져갔다. 그나마 금식으로 붓기를 가라앉혀 보았지만, 체중은 48Kg으로 간신히 호흡만 하셨고 거동조차 힘든 상태였다. 식사를 하셔도 소화 기능이 마비되었는지 모든 것이 불가능하였다.

그래서 처음에는 7차례의 항암 주사를 맞으셨지만 아무런 효과가 없었다. 이제는 최종적인 방법으로 방사선 치료를 받아야 했다. 이 소식을 듣고 가족들은 모두 모였다. 지난주 토요일에 병원을 방문할 때 아버지는 혼자 병실의 침상에 앉아서 다리운동을 하고 계셨다. 그 모습을 본 난, 울컥하는 울음을 꿀꺽 삼켰다. 이때 어머니는 세실리아 아주머니랑 외출 다녀오고 몇 시간 얘기 나누고 파마하러 가셨다. 어둠을 밝게 바꾸어 보려는 잠시나마의 노력이었을까? 아버지는 또다시 주무셨다. 기운이 없어서일까?

난 아버지 곁에서 한마디도 않은 채 의자에 앉아 있었다.

머릿속에는 믿음을 잃지 말자. 영원한 생명을 믿자.

아버지가 언제 어떻게 되실지 몰라서 가족 모두는 늘 근심을 지니고 살아가고 있다.

그래서 마음은 아버지의 위기를 받아들이고 싶지 않지만 다른 방법이 없었다.

하느님! 저희 아버지가 어려울 때 저버리지 마시고 꼭 안드레아의 영혼을 받아 주소서!

성모 마리아님! 저희 아버지의 슬픔과 고통을 가슴에 품으시고 예수님과 함께 하늘나라에 꼭 들어갈 수 있도록 지금 이 순간조차도 저희 아버지를 보호해 주소서!

2012. 10. 16.(화)

아버지의 임종 시간

아버지 김일관 안드레아는 임종하셨습니다.

현재는 하늘공원 타 135방에서 주무십니다.

부모님 결혼기념일: 11월 18일

아버지의 축일: 11월 30일

아버지의 기일: 10월 30일 오전 8시 35분

2012. 10. 30.(화)

아버지의 장례식

아버지가 임종하시기 3일 전부터 초긴장의 시간이었다.

인간의 목숨은 하루가 다르게 거의 찰나였다.

아버지기 ○○대학병원에 오신 지 거의 석 달 조금 넘었다. 비뇨기과에서 소변 주머니를 다는 수술 받고 오시겠다던 희망을 품고 웃으며 나가신 뒷모습이 선하다. 그때가 아버지의 집은 이 세상 끝을 알리는 것이었나 보다. 가족은 살아 돌아오시리라 믿으며 그날 모두 한자리에 모여서 옹심이를 먹었다. 그리고 병원에서 입원절차를 밟으셨다.

일주일 후 아버지를 방문하였을 때는 얼굴빛이 여성스럽게 보였으며 너무나도 평온해 보였다. 어머니는 아버지가 항암 주사를 맞으신다고 말씀하셨다. 그렇게 힘들다던 항암 주사를 간접적으로는 고통을 느낄 수가 없었다. 오직 어머니만 그 아픔을 아셨던가 보다. 아버지의 몸 상태는 다리의 붓기가 끔찍할 정도로 부어 있었다. 난 이때도 아버지가 얼마나 힘드셨을까를 느낄 수가 없었다. 이렇게 한 달이 지나자 아버지는 대변 보시는 것도 너무 힘들다고 호소를 하셨다.

난 그래도 아무런 느낌이 없었다. 그저, 어쩌나! 아버지가 너무 안쓰러워 보여서 어쩔 줄을 몰랐다. 이 시점에 아버지랑 좀 더 있고 싶어도 빵집에서 일하느라 슬픔을 안고 나왔다. 며칠이 지나자 담당 의사는 금식령을 내렸다. 다리 부기가 빠질 때까지 물도 드시지 못하셨다. 그러자 아버지의 얼굴은 점점 쇠약해졌지만, 다리의 부기도 조금씩 빠지기 시작하였다. 이제는 기력이 없어서 거동을 스스로 할 수가 없었다. 나는 한동안은 수요일과 토요일에 병원을 방문하면서 아버지를 돌보시는 어머니도 걱정이 되어 정신과 마음이 움직이는 대로 음식을 만들어 가져와서 함께 식사하였다.

그러나 아버지는 드실 수 없었고 늘 누워서 잠드셨다. 시간이 흐를수록 아버지는 자신을 하느님께 조금씩 내어 맡기셨다. 힘이 거의 소진되어서 의지와 기억, 지력도 점점 희미해져 갔다. 난 자식으로서 할 수 있는 일은 아버지가 임종하실 때에는 고통 없이 평안하게 하느님께서 데려가 달라고 꾸준히 9일 기도를 하고 있었다. 두렵기도 하였다. 그럴수록 오직 하느님만을 생각하였다. 두 달 정도 맞은 일곱 번의 항암 주사는 아무런 효력이 없었다. 아버지는 그렇게 뱃속에 조그맣게 되살아난 암 덩어리를 안고 잠드셨다. 그렇게도 흔한 대장암을 배를 쪼개어서 없앨 수 없었다. 금식이 오래된 상태고 이미 소장도 없고 인공 방광이라 손을 댈 수가 없었다. 난 아버지의 임종이 다가오고 있다고 인식하고 있었다.

내가 이 글을 쓰는 중요한 이유는 인간의 임종이 다가오는 것을 느끼며 하늘나라로 보내는 그 과정은 무수한 신비로 가득하였음을 말하고 싶은 것이다.

난 아버지를 내 품속에 담고 싶었고 눈을 영원히 감으시는 그 시간을 함께하고 싶었다. 큰딸로서 아버지의 죽음을 지켜보며 무덤까지 간 것은 42세에 처음으로 경험한 것이었다.

난 아버지가 임종하시기 2주 전부터 마음이 편치 못하였다. 빵 가게 일을 그만두고 병실을 마음껏 드나들거나 함께 있고 싶었다. 그냥 함께 있는 것 자체가 완전함과 평온함이었고 근심도 사라졌다. 아프고 병드신 아버지를 보지 못하는 것이 나에게는 얼마나 힘들고 고통스러운지를 알게 되었다. 목구멍은 화롯불처럼 타올라 타들어 가는 숯불같이 육의 고통이 밀려들었다. 심장이 멈출 것 같았다.

다음 날 토요일 일찍이 아버지 얼굴을 뵈었다. 정말 믿어지지 않았다. 지난주와 확연히 다르게 앞도 보지 못하고 잘 듣지 못하셨다. 아버지는 혀를 반복해서 자꾸만 내밀뿐 아무런 말씀도 못 하셨다. 거의 비참한 모습이었다. 방사선 치료가 아버지에게는 너무 힘겨우셨는지 거의 모든 체력과 에너지는 없어진 듯했다. 가족들은 마지막 희망을 지녔는데 뭐랄까? 이별을 알리는 시간이 다가왔다고 난 느꼈다. 어머니는 그래도 끝까지 절망하지 않고 강인하게 마음을 다지신 것 같았다.

난 아버지의 모습을 보고는 눈물이 한없이 쏟아졌다. 가슴이 이토록 아플 수가 있을까? 목이 잠겨서 말을 할 수가 없었다. 이때 아버지는 물조차 드시지 못하고 아주 작은 숟가락으로 입술을 적실 뿐이었다. 눈물이 가슴을 쪼개듯 너무 아파서 꾹꾹 삼킬 뿐이었다. 더 이상 욕심을 낼 수도 없었고 의지도 기력도 사라졌다. 죽음이 다가오는 순간 초마다 바라보고 있을 때 난 아무것도 할 수 없었다.

오로지 하느님, 한 분만을 생각하였다. 아버지에게 말하였다. 예수님의 고통을 생각해요. 그리고 끝까지 이 세상보다는 영원한 생명이 있음을 믿어요. 기도하면 할수록 아버지와의 이별 시간은 가까워졌고 내 마음은 그 무엇보다도 평온하였다. 하느님은 우리 아버지를 하늘나라에 빨리 데리고 가고 싶은 걸까? 아버지는 말씀도 못 하시고 눈물을 계속 흘리셨다. 흐느끼고 계셨다. 이 세상과 가족과의 이별이 다가오고 있음을 느꼈을 것이다. 죽음 앞에서 우리 인간이 이토록 미약해지기까지 하느님의 뜻 앞에서는 그 누구도 막을 수 없었다. 그 어떤 반항도 저항도

할 수 없었다. 이런 어수선한 상황에서도 이웃 봉사자들께서 방문해주시고 손을 잡아주시고 그동안의 기쁨과 슬픔을 나누었다. 70년의 세월이 이토록 짧을 수가 있을까? 거의 찰나의 시간이다. 사업이 망한 후 지독히도 가난하고 억압되고 고통스러운 세월의 나날이 이렇게 아픈 것을 아버지와 가까운 이웃들은 아실 것이다. 무엇보다도 하느님은 더욱더 잘 알고 계셨다.

그날 토요일 저녁에는 서서히 임종을 준비하듯 아버지를 좀 더 따스하고 아늑한 1인실로 옮겼다. 이렇게 가족들은 모두 아버지를 중심으로 한자리에 모였다. 걱정해주시는 많은 이웃들도 기도하며 다녀가셨다. 아버지의 심장 박동수는 수치가 점점 내려가고 있었다. 그리고 몸은 불같이 뜨거웠다. 일요일은 동생들과 함께 모여서 점심을 먹고 집안 형편과 아버지의 재산에 관해서 얘기를 나누었다. 통장정리는 우체국에서 근무하는 막내 데레사에게 맡겼다. 이날 저녁 어머니도 기진맥진 상태여서 난 병실에서 함께 부모님이랑 잠들기로 했다. 그런데 심장 박동수는 점점 불안하게도 시간이 흐를수록 큰 폭을 그으며 숫자가 내려가고 있었다.

내일 아니, 지금 당장이라도 임종하실 듯 초조의 연속이었다. 난 그때 아버지의 병자성사를 생각했다. 갈등 끝에 월요일 새벽 미사가 있겠다 싶어서 잠드는 것을 포기하고 집으로 돌아왔다.

중요한 것은 아버지의 병자성사가 급했다. 난 ○○성당 신부님을 모시고 오려고 월요일 새벽길을 나섰는데 슬프게도 미사가 없었고 문이 잠겨 있었다. 곧장 초조와 불안한 마음으로 얼른 세수만 하고 아침 도시락을 챙겨서 병원으로 갔다. 그곳의 간호사가 병실을 들렀다가 말하기를 친지들에게 위독하시니 임종을 준비하시고 연락을 해두라고 하였다. 심장 박동수는 점점 느리게 흐려져 가고 있었다. 난 순간 병자성사가 가장 급해서 셋째 여동생인 세실리아에게 ○○성당 신부님 전화번호를 알아내어서 통화가 닿았다. 아버지는 30분도 견디기 힘든 상태였다. 신부님에게 긴급히 연락하여 병자성사의 도움을 요청하고 동생들에게 전화하였다. ○○성당 신부님은 거리가 멀어서 한 시간 정도 걸려서 도착하셨다. 일생의 불효를 범할 뻔한 순간이었다. 다행히도 아버지가 견디셔서 병자성사를 통해 죄의 용서를 받으셨다. 우리 가족 모두에게는 가장 큰 축복이고 은총이었다. 평생을 잊지 못할 시간이었다. ○○성당 신부님께서 달려와 주셔서 어떻게 감사해야 할지…. 난 그 신부님을 위해서 기도를 열심히 드리기로 하였다. 신부님의 도우심으로 사제가 얼마나 귀중하고 중요한지를 알게 되었고 생생하게 체험하게 되었다. 죽음 앞에서… 말이다. 이렇게 가족들이 모두 모이게 되자 임종과 장례식장을 어디로 할지를 ○○신부님과 남동생은 의견을 모아서 결정하였다.

난 태어나서 장례식장을 한 번도 가본 적이 없었다. 아무것도 몰랐다.

일요일은 많은 신자께서 다녀가서 어머니도 무척 바쁘셨다.

그래서 아버지의 소변이 새어 나오는지도 모르실 정도였다. 월요일 아침에는 난 처음으로 담당 의사를 보았다. 아버지의 어떤 변화에 대해서 가족들에게 여쭙고 물을 더는 드시지 못하게 하셨다. 기도가 막힐 수 있으니 가제 수건에 물을 적셔 입술에 얹어 두라고 하셨다. 의사는 아버지의 수명이 일주일 정도라고 말씀하셨는데 난 그렇게 생각하지 않았다. 오늘 저녁도 어떻게 될지 몰라 항상 초조하게 깨어 있어야 한다고 보았다. 이날 동생들과 점심을 먹고 남동생인 요한 사제는 아버지의 영명 사진을 속 사진으로 뽑아 두었다. 신자들에게 임종 준비를 동강 병원 특실에다 예약해 두었다고 소식을 전했다. 화장터는 하늘공원에다 예약해 두었다. 이때 아버지의 심장은 일정하게 흐르고 혈압도 그러했다.

난 오후 5시 30분에 병원에서 나와서 오후 8시까지는 돌아올 것을 예정하고 집에 씻으러 갔다. 오늘은 넘길 것 같다는 생각이 들면서도 불안했다. 그렇게 출발하면서 버스표와 휴대폰 그리고 1단짜리 묵주를 들고 급하게 나왔다. 버스 정류장에 도착하니 집으로 향하는 버스가 바로 눈앞에 멈췄다. 긴장된 마음으로 버스에 올라탔다. 그리고 버스가 1코스, 2코스를 지날 때마다 아버지가 보이지 않는 것은 실존과 비 실존의 차이임을 너무나도 냉혹하고, 차갑고도 아프게 느껴지자 고통스러웠다. 그래도 그사이에 내가 아버지를 떠나온 그 짧은 시간은 너무도 길게 느껴졌다. 1분은 꼭 10년 같은 시간이랄까? 혹시나 임종하실까? 하고 초긴장되어서 자연스럽게 묵주를 들고 작은 소리로 구송기도를 드렸다. 다른 한 손은 마지막의 종이 울리듯 휴대폰을 꼭 움켜쥔 채 땀이 흐르고 있었다.

집에 도착하자마자 화장실에다가 휴대폰을 두고 30분 정도의 시간을 15분 만에 씻고 나왔다. 거의 바늘방석에 세워진 듯한 온몸은 휴대폰이 울릴까 봐 뚫어지게 보고 있었다. 다행히도 벨소리는 울리지 않았다.

지금 집을 나서면 아무래도 아버지 장례를 치르고 돌아올 것 같았다. 난 급히 옷을 챙겨입고 뛰쳐나갔다. 그때 날씨는 흐렸다. 후덥지근하였다. 손에 땀을 쥐고는 계속 묵주기도를 드리며 대학병원을 향했다. 도착한 시간은 예상한 오후 8시 10분 전으로 오후 7시 50분이었다.

동생들은 각자 집으로 돌아가고 어머니와 나만 남게 되었다. 아버지는 온몸의 열기가 너무 뜨거워 찬물을 수건에 적셔서 아버지 이마에 번갈아서 얹어드렸다. 아버지는 계속 주무시기만 하셨다. 심장 박동수는 오전보다 수치가 훨씬 떨어졌다. 어머니와 나는 긴장된 마음으로 바라보았다. 어머니는 지친 몸으로 새벽 3시까지 주무시도록 하고 난 아버지 곁에 있었다. 시간이 넘어가자 너무 졸려서 버틸 수가 없었다. 그래서 할 수 없이 어머니를 깨웠다. 어머니는 정신을 차리시고 세수를 하고 오셨다. 그 사이에 난 간이침대에서 누워 눈을 붙였다. 그런데 누워 있어도 아버지의 숨소리와 맥박 소리가 불안해서 자다가 깨고를 여러 번 반복하였다. 아버지가 "아야"라고 말씀하시는 흐릿한 소리가 귓속을 맴돌았다. 어머니는 아버지의 소변이 잘 흘러나오지 않아서 여러 번 확인하고 계셨다. 배는 부풀어있는데 무언가가 막힌 모양이었다. 그러자 어머니가 고무 튜브를 여러 번 움직여보니 핏덩어리가 막혀서 빠져나오고 있었다. 잠들다가 눈을 떠보니깐 아버지의 소변 주머니는 오줌이라기보다는 완전 짙은 핏덩어리를 소변 기능으로 피를 토하고 계셨다. 너무 놀라서 난 잠자리를 개키고 일어섰다.

오전 7시 30분쯤 간호사가 아버지의 이름을 불러 보았지만, 의식이 사라지고 계셨다. 혈압도 엄청나게 떨어지자 간호사는 위급하다고 가족들에게 얼른 전화하라고 일렀다. 믿어지지 않았다. 혈압이 70 이하로 떨어지면 위태롭다고 하였다. 이 일이 일어나기 전 2시간 동안 어머니는 짜증과 화를 내셨다. 아버지의 기저귀가 어제 손님이 왔다 간 하루 동안 젖어 있었다. 소변이 다시 새어 나온 것이었다. 그때 어머니는 아버지의 하체를 벗기시는데 난 도저히 볼 수가 없었다. 하지만 나는 다급한 상황이 되자 어머니를 도와서 옷을 갈아 입히고 기저귀 교체하는 것을 도와 드려야 했다. 어머니 혼자 힘으로는 도저히 불가능하였기 때문이다. 그곳을 보기가 무척 힘들었어도 난 아버지를 보살펴야 했다. 용기를 내어서 아버지의 생식기에 호수가 달린 것을 보자 마음이 아파 왔다. 얼마나 힘드셨을까? 죽기까지 피를 다 뱉으시느라고 어제는 열이 그토록 높았을까? 병상 침대 위로 올라가서 난 아버지의 하체를 들어 올리고 어머니는 새 기저귀를 갈아 입히고 바지를 입혔다. 이젠 살은 보이지 않고 뼈다귀뿐이었다.

엉덩이 근처에는 붉게 물든 흔적, 욕창처럼 고통스럽게 발갛게 일어서 헐어 있었다. 보는 것조차 고통스러웠다. 어머니는 속이 상해서 간호사에게 불평하고 짜증을 냈다. 그 사이에 여의사가 지나가면서 세척해 주고 갔지만, 이제는 약품이 투입 되지 않았다. 아버지가 임종하시기 30분 전에는 기침을 하시더니 입에서 가래가 올라왔다. 3번을 반복하자 간호사는 산소 호흡기를 달았다. 아버지는 평안히 숨을 쉬시면서 숨을 조금씩 거두어

가셨다.

어머니와 나, 사제, ○○성당의 세실리아 아주머니도 아버지가 임종하신 줄 몰랐다.

의사는 눈빛의 의식을 보더니만 "2012. 10. 30. 오전 8시 35분에 임종하셨습니다"라고 알려주셨다. 모두가 믿기지 않았다. 그 때쯤 여동생들도 도착해서 놀라며 울기 시작하였다. 임종하시던 월요일 새벽 어머니는 병원에서 씻으러 가셨을 때 난 멍하니 있기가 그래서 기도 책을 펴고 위령기도를 드렸다. 아버지 임종을 미리 알고 있듯이…. 하느님께 간절히 바랐다.

"아버지를 하느님 품에 맡겨드리오니 꼭 보호하여주시고 안드레아의 영혼을 받아 주소서"라고 그리고 그날의 제1독서와 복음을 읽어 드리고 성가를 5곡 이상 작게 불러 드렸다. 아버지께서 꼭 듣고 계시는 것 같았다. 기도가 끝나자 어머니는 다 씻고 병실에 오셨다.

하느님은 알파와 오메가요, 시작이자 마침을 체험한 것이었다. 영원한 생명과 믿음만을 생각하였다. 하느님께 어떻게 감사를 드려야 할지. 아버지가 평안하게 너무도 고요하게 떠나셨다. 그 순간 아버지가 곧바로 하늘나라로 가셨다는 것을 믿었고 너무나 평온하였다.

너무도 깨끗하게 하늘나라에 곧바로 올라가셨음을 믿게 되었다. 이 과정은 생각이 아니다. 느낌도 아니다. 말로 표현할 수 없는 그 무언가이다.

아버지의 임종은 차분하게 진행되었다. 요한 사제는 꽃바위 성당, 영주 성당, 성안 성당으로 전화하고 가까운 인척에게 소식을 알렸다. ○○대학병원에서 치료를 받으셨지만, 장례식장은 동강병원 특실에다 예약해 둔 상태였다. 주변 이웃들의 교통을 생각하였기 때문이다. 잠시 후 동강병원에서 아버지 시신을 옮기러 오셨다. 어머니와 가족들은 병실의 짐을 급히 정리하고 아버지를 모시고 안치소로 갔다. 긴급 119를 타고 도로를 직진하여서 빠르게 도착하였다. 장례식을 3일장으로 하고 하늘공원에 모시기로 하였다.

이때쯤 우정 성당 봉사자들은 미리 오셔서 조문객 접수를 도와주셨다. 난 생전에 장례식장은 처음이라서 모든 것이 어리둥절하였다. 우선 아버지의 영정 사진을 놓고 부엌으로 가서 손님을 맞이할 음식을 주문하였다. 시간이 흐르자 문상객들이 모여들었다. 가족들은 부엌을 마주 보는 방은 문상객을 맞이하는 방으로 정했다. 화환은 어느새 공간마다 가득 채워졌다. 큰이모는 오시자마자 눈물을 하염없이 흘리셨다. 어찌 이런 일이! 어찌 이런 일이! 가슴에 한이 가득 맺혀서 할 말을 잊은 채 짧은 말로 여러 번 반복하셨다. 뒷모습을 보고 난 후 나는 앞치마를 입고 부엌을 왔다 갔다 하다가 가족들의 상복을 받고 차려입었다. 너무도 어색해서 어쩔 줄 몰랐다.

여러 성당에서는 요한 사제 친구분들이 몰려들고 지내 온 성당의 신자들이 오셔서 위령기도를 연이어서 드렸다. 부모님을 위한 기도가 있어서 나는 앞치마를 벗고 기도의 방으로 들어갔다. 앉을 자리도 없었지만, 꼭 붙어 앉아서 음과 가락에 맞춰서 기도를 읊었다. 내가 설 자리는 기도의 방 한 곳뿐이었다. 부엌은 손님들로 가득 채워져 있었다. 태어나서 이렇게 많은 사람을 맞이하기는 처음이었다.

주방에서는 꽃바위 성당의 봉사자들이 오셔서 음식 주문을 조절해주셨다. 아무래도 경험 있는 분들의 말씀에 귀를 기울여야 했다. 직책이 높으신 분들이 드실만한 음식을 조율해야 했다. 확실하게 봉사자들은 일을 차분하게 잘 진행하셨다. 난 그런 만큼 부엌을 어정쩡거리기가 미안해서 연달아 위령기도의 방을 지키고 있었다. 단 두, 세 사람이 모여도 함께 기도를 드렸다. 봉사활동도 힘들지만, 기도도 무척 힘들었다. 기도가 끝나면 이어서 미사를 드렸다. 신자들의 기도를 모아서 사제가 제를 올리는 것이 얼마나 중요한지를 이때 깨달은 것 같다. 사제의 직분이 얼마나 큰 것인지를 평신도는 감히 어떻게 할 수 없는 권한을 지녔다는 것을….

나는 며칠째 잠을 못 자서 굉장히 피곤했어도 수백 명 되는 조문객의 힘을 받고 버틸 수 있었다. 아버지는 정말 축복받은 분이셨다. 사제, 주교, 직장 동료분들, 친척들, 그리고 세 곳의 성당 신자들이 오셔서 기도를 올리셨다. 헤아릴 수 없이 그 숫자는 많았다. 거의 오후 11시가 되어서야 조용해졌는데 첫날은 음식이 부족할 뻔하였다. 그래서 동생들과 의논을 하였다. 새벽에 음식 주문은 두 배로 늘리기로 하였다. 음식이 모자라지 않도록 주의하였다. 요한 사제는 일을 차분하게 잘 지도해주셨다.

조의금은 배낭을 준비해온 큰 제부가 책임지고 맡기로 하였다. 여동생 세실리아는 영수증을 관리하고 돈이 나고 드는 것을 말썽나지 않게 책임지고 맡았다. 나가는 돈은 큰 제부의 카드를 사용했다. 장례식은 거의 기도 분위기이고 엄숙하고 조용하며 거룩하였다. 새벽에 고스톱 치시는 분들은 두 팀뿐이었다. 하늘나라에 계신 아버지가 좋아하실 것 같았다. 너무도 평온하였다. 이틀을 보내고 3일째 화장터로 옮기느라 분주하였다.

가족들은 모두 일찍 일어나서 짐을 챙겼다. 음식 계산을 해보니, 천만 원이 넘었다. 음식 주문받으시는 분이 놀라셨다. 문상객이 그만큼 많았다. 사흘째 아침에는 마지막으로 아버지와의 이별 인사를 나누었다. 곱게 단장한 아버지의 모습은 평안해 보였다. 난, 멀찍이 떨어져 있다가 꽁꽁 언 아버지의 손과 얼음장 같은 얼굴을 쓰다듬고 나자 울음이 왈칵 쏟아졌다. 아버지를 관에다 모셨다. 그리고 우정 성당을 향해서 장례미사를 드리러 모두 모였다. 가족들은 앞 좌석에 앉았다. 국화 한 송이로 꽃을 정성스레 얹고 하늘나라로 보내드려야 했다. 육의 영원한 이별이라고 생각하니깐 가슴이 너무 아파서 고통이 밀려들었다. 미사가 끝나고 하늘공원으로 향했다.

하늘공원은 붐비었다. 화장식이 있기 전 손님들은 점심을 드셨다. 꽃바위 봉사자들은 음식을 준비해서 챙겨주셨다. 웬만한 사람들은 이런 정성을 지닐 수 없다. 요한 사제가 처음으로 부임한 첫 번째 건축공사로 완공한 성당 신자들로 함께 고생한 이들이었다. 정말 아름다운 사람들이라고 난 감탄을 하였다. 장례식장에서 이틀째 늦은 저녁 꽃바위 성당 여사무원은 밝은 목소리로 나에게 인사를 건네왔다. 그리고 요한 사제를 무척 칭찬하셨다.

신자들에게 사랑을 깊이 나누어 주시고, 여러모로 십 년 넘게 일해왔지만 요한 사제 같은 분은 없었다고, 큰 인물이라고 아낌없이 칭찬해주셨다. 사실, 성당을 처음으로 건립하였고 밑바닥에서부터 어려움을 함께 나눈 신자들이라서 그곳의 신자들과 봉사자들도 아낌없이 사랑을 베풀어 주셨다. 사제가 일군 결과물은 항상 따라다녔다. 친동생이어도 이렇게 훌륭하게 살고 있는지는 몰랐다. 그래서 아버지도 칭송을 받는가보다라고 생각했다. 아버지도 사제를 키우시느라 온갖 모욕과 침 뱉음을 받은 자였다. 그 모든 악마의 유혹에도 아버지는 굴하지 않으셨다. 신앙으로 인내하며 이겨내셨다. 아는 사람은 다 아는 사실이다.

점심을 먹고 아버지의 관은 화롯불에 들어가고 하나의 버튼으로 불은 순식간에 타오르자 가족들은 옆방에서 위령기도를 바쳤다. 옆자리는 스님이 목탁을 두드리며 염불을 외고 있었다. 장례식장도 엄청나게 복잡했다. 화장터가 난리였다. 아버지가 얼어 있어서 그런 걸까? 불타는 소리가 아주 뜨겁게 들렸다. 1시간 정도 지나자 가족들은 아버지를 찾으러 갔다. 육은 사라지고 아버지의 뼈만 남았다. 그곳에서 일하시는 어떤 아저씨가 빗자루로 뼈를 쓸어 모으면서 “아버지의 불이 너무 뜨거웠다”라고 말씀하셨다. 그분은 아버지의 뼈를 살짝 갈고 나서 항아리에 고즈넉이 담았다. 큰 조카가 아버지의 유골함을 소중하게 안고 안치해둘 하늘공원으로 향했다.

이곳은 가톨릭 재단으로 친할아버지도 계셨다. 부부 안치소였다. 아버지 자리 옆에는 비어있었다. 짧은 예식에 맞추어 기도를 드리고 가족들은 떠나왔다. 그 시간이 어느새 3주가 흘렀다. 집에 도착해서는 아버지의 유품과 흔적이 될만한 모든 것들을 정리하였다. 아버지의 옷을 먼저 정리하고 입을 만한 것은 고모

부에게 몇 벌 드리고 아버지의 유언이라고 전하며 고모에게 이천만 원을 드렸다, 그리고 아버지의 전 재산을 정리하고 어머니의 이름으로 넘겨 드렸다. 여동생에게는 각자 천만 원을 주기로 하였다. 막내 삼촌에게는 경수의 학비로 오백만 원을 주기로 하였다. 남은 돈으로 집을 구매하기로 하였다. 아버지의 임종까지 봉사해주신 꽃바위 성당에는 위로금 삼십만 원 정도와 식사로 보답해드리고, 우정 성당에도 삼십만 원 드리고, 성안 성당에는 백만 원을 전해드렸다.

장례식 이후 금요일은 아버지의 사망자 신고를 하고 동생들 개개인은 인감증명서를 신청하였고 가족관계 증명서를 신청하였다. 사망자 신고는 일주일이 걸렸다. 일주일 지나서는 어머니 이름으로 상속인 신청과 세대주 정리, 집 세대주를 위한 등기서류를 남동생이 스스로 준비하였다. 일주일간은 집안일로 부산에서 집까지 왕래하였다. 그리고 아버지가 살아생전에 정리하지 못한 조그만 산은 그냥 놔두었다.

이런 상황에서 셋째 여동생 세실리아는 어머니랑 함께 모여 살려고 자기가 현재 머무는 근처의 홈타운 아파트를 급히 찾았다. 평수는 22평이었다. 나와 어머니랑 살 수 있는 공간으로는 충분했다. 곧 아파트 계약을 했다. 집을 보러 가보니 이전에 살던 곳과는 크기가 너무 달라서 숨이 막혔다. 무척 작았다. 집

계약할 때는 큰 제부와 어머니와 나는 함께 있었다. 등기소의 서류도 잘 처리되자 나는 어머니랑 11월 19일 월요일에 집을 내놓았다. 거의 한 달 보름 동안에 집주인을 찾도록 기도에 들어갔다. 온통 신경성으로 머리가 너무 아팠다. 나는 장례식 있는 날 준비과정까지 성심껏 도와준 봉사자들을 위해서 작은 은혜에 보답할 겸 9일 기도를 꾸준히 두 달 동안 드렸다. 매일 드리는 기도는 무감각해져 가고 있었다. 그러면서 집안의 정리해야 할 짐을 조금씩 정리하고 11월 26일 월요일은 재활용 센터에 보낼 가구들도 준비되어 있었다.

2012. 10. 30.(화) 08시 30분

취업의 길을 찾아서…

아버지가 임종하신 지 한 달이 지난 나의 변화는 현재 살고 있던 집을 내놓고 나니깐 집착과 걱정에서 조금은 해방된 것 같았다.

며칠 전 구직 신청을 하였다. 그런데 바로 저녁에 전화가 왔다. 집안일로 걱정이 앞서긴 하였지만, 일단은 면접을 보았다. 학습지 방문교사 일이었다. 이후로 신입 교사 첫 과정 교육을 부산으로 출근과 퇴근을 하였다. 9일간의 긴 시간이었다. 상세한 일은 알지 못하고 새벽을 나서는 시간이 무척 힘겨웠다. 교육 장소를 찾느라 길을 헤매었다. 그날은 왜 그리도 추운지, 깊이 생각하고 나선 길이라 악착같이 다녔다. 9일간은 평균적으로 거의 하루에 1시간 정도만 수면할 정도였다. 너무도 힘든 것은 그날 강의를 듣고, 다음날 바로 20문제 시험과 상담내용을 발표하였기 때문이다.

난 하루이틀 꿋꿋이 견뎠지만, 몸이 조금씩 아프기 시작했다. 체력을 능가하는 일이었다. 너무 힘겨워서 한번은 시험공부를 멈추고 깜박 잠이 들었다. 그러자 결국 사흘째 시험에서 과락이

났다. 억울함을 그 누구에게도 호소할 수 없었다. 사실 교육일정은 너무 빽빽하고 숨 쉴 여유조차 없었다. 시험의 긴장은 힘겨워도 하루하루를 연장해가는 것은 자신과 싸움이었다. 다행히도 담당하는 한 분의 배려로 재시험을 치고 다시 올라갔다. 이러한 생활로 9일 기도는 정지되자 하느님과 만남의 시간 즉 침묵의 시간은 점점 사라져갔다. 이렇게 되자 스트레스와 불만의 폭발로 난 새벽을 가로지르는 찬 공기의 입김을 뿜어내며 투덜대었다. 그날은 힘들어서 직행을 타려고 시외버스 터미널에 도착하였다. 그런데 매표소에서 어느 낯선 할머니가 차비가 모자란다고 다짜고짜 천 원을 달라고 졸라댔다. 웃긴 것은 구걸하는 사람의 목소리가 더 컸다. 난 문득 불만을 씻어내려고 '하느님이 내게로 다가오시는가 보다'라고 생각했다. 그래, 처음에는 "제가 왜 할머니에게 천 원을 드려야 하나요?"라고 반문하였다. 할머니는 처음에는 "차비가 천 원이 모자란다"라고 세차게 말씀하셨다. 그래서 난 '하느님의 것은 하느님께 돌려 드리고 세상의 것은 세상에 돌려 드려라'라는 예수님의 말씀을 떠올렸다. 하느님과 나와의 관계! 그 순간 예수님을 만나는 시간이었다. 그러면서도 의아한 순간이었다.

2012. 12. 5.(수)

교육 과정

기나긴 교육의 여정이 무사히 끝났다. 제1차 과정, 아무것도 모른 상태에서 발을 내어 디딘 곳, 부산에서 9일간 → 청풍 리조트 → 3박 4일 → 남부 지국으로 돌아가야 하는데 진정 내가 일하는 곳으로 돌아가기가 이렇게 힘든 줄은 생각조차 못 했다. 여러 교육을 받아보고 시험도 쳐 보았지만 이처럼 힘겹고 피를 말리는 곳은 처음이었다. 난 결국 긴장 끈을 놓은 후로 2차 과정 이론시험에서 과락을 받았다. 하룻밤 교육 과정을 마치고 집으로 돌아오는 나의 처참함! 자존심의 깊은 상처로 두려움과 근심으로 말라 죽어가고 있었다. 이럴수록 아버지를 떠올려보았다. 어느새 임종하신 지 2개월이 순식간에 흘러갔다.

난 우선 세상의 흐름을 따라가기 위해서는 갤럭시 안심 340 스마트 폰으로 교체했다. 전자기기에는 눈이 어두워서 여기저기 물어보느라 정신이 하나도 없었다. 세상을 배우느라 9일 기도도 미루어지자 힘겹게 해내야 했고, 하느님을 다시 찾아야 했다. 하느님을 잊어버리면 나의 존재조차 잊어버리는 것이기 때문이다. 난 목표가 있다. 포기하지 말고, 다시 도전해 보려고 열심히 준비하고 있었다. 일을 시작하기에 앞서 나를 인정하고 나면 수월해지는 것 같았다. 꼭 이루어야만 했다. 꼭 잘 될 거야!

2012. 12. 13.(목)

나의 기도 지향

세찬 바람, 칼바람이 볼을 스칠 때 어머니와 난 아기 예수님 뵈러 성당에 갔다.

세월이 흐를수록 경제가 심각해지는 것은 사실이다. 주변의 거리는 고요하고 어둡기만 하다. 반짝이는 불빛조차 없다. 평소보다 40분 일찍 집을 나섰다. 성모님에게 인사드리고 들어선 성당은 넓고 고요했다. 손에 든 주보의 앞면은 메시지가 있었다. 요셉과 마리아의 겸손과 흠숭의 자세는 고귀해 보였다. 큰 성경 위에 놓인 아기 예수님은 빛을 받고 있었다. 이것을 풀이해보면 말씀이 사람이 되시어 우리 가운데 빛으로 계신다. 그런데 난 말씀의 빛이 마음속에 들지 않았다. 세상의 근심 걱정, 집안 걱정, 시험 걱정으로 마음과 정신을 편하게 놓을 수가 없었기 때문이다. 그래서 무척이나 예민해 있는 상태였다. 잠들 수도 없었다. 깊고 깊은 한숨만 절로 났다. 요즘은 어머니에게 짜증을 잘 낸다. 아직도 성숙한 사람이 못 되었다.

성숙한 사람이 되려면 일이 잘 안 풀리고 스트레스가 쌓여도 타인에게 화를 내서는 안 된다. 이런 힘겨운 상황은 고통의 시간인데 이런 삶의 과정을 어떻게 받아들이고 보내는가는 인생의 과제이자 문제였다. 문득, 아버지의 유언이 떠올랐다. 어머니를 잘 보살피라고…. 어머니에게 좀 부드럽게 대할 태도가 나에게는 엄청나게 필요하였다. 2012년 12월 말이면 봉사자를 위한 9일 기도가 마무리된다. 기도시간이 일정하게 흐르지 못하여서 힘겹지만 모아서 기도를 드렸다.

2013년도에는 결심한 바가 있다. 나의 일생의 기도 지향을 세워 보았다.

1. 어머니의 건강을 위해서 기도드리기
2. 죽을 때까지 사제를 위해서 기도하기

이것은 10년 전 수도원에서 마음속에 간직해 둔 것이다.

더 늦기 전에 실천해야겠다. 그리고 지금 준비하는 직장 준비가 잘 해결되어야 한다.

이젠 내가 가장이다. 책임감을 지니고 어머니와 함께 살아가야 한다.

성모님에게 매일매일 기도드리며 간절히 청하자.

인생의 안정감과 정착이 될 때까지, 참고 인내하자!

2012. 12. 24.(월)

빌라 매매

1월의 새해가 시작되었다.

집을 내놓은 지가 어느새 한 달하고도 보름이 지났다.

생활비는 바닥이 날 지경이었다. 남은 돈은 새집을 사는 데 다 털어넣었기 때문이다.

난 더욱더 날카로워져 가자 아주 간절하게 성모님께 화살기도를 드렸다.

그런데 1월 5일 토요일에 어느 신혼부부가 집을 보러왔다. 성모님이 들어주셨나 보다.

나는 긴장된 마음으로 거실의 불을 밝히고 그들을 기다리고 있었다. 이번 고객에게는 말수도 줄이고 평화방송을 보고 있었다. 그들은 나름대로 꼼꼼하게 살펴보고 흡족해하는 것 같았다.

2013. 1. 9

어머니와 나는 26일에 이사했으면 했는데 신혼부부가 은행대출로 지연됨.

2013. 1. 28

학습지의 2차 과정에 합격하고 오늘 첫 출근을 함.

06시 30분에 기상함.

출근 전에 성모님에게 간절히 기도함.

남부 지국 선생님들을 모두 만나 보았음.

2013. 2. 2

이삿날 - 여동생들이 모여 사는 현대홈타운으로 이사 감.

2013. 2. 8

잔금 받는 날. 10년 동안 거주한 빌라는 집을 내놓은 지 한 달 만에 신혼부부에게 매매 되었음.

2013. 1. 15.(화) 계사년(뱀띠)

마음의 기도

하느님 제가 얼마만큼 무너져야 하나요?

아무것도 따진 것 없고 이윤을 생각지 않고 앞만 보고 달려왔는데 아직도 제 무의식 세계에서는 자기 중심적인 사고와 관념, 제도의 노예가 되어가는 걸까요?

너무도 딱딱하게 굳어져 무뎌지는 걸까요? 시멘트로 지어진 건물처럼…. 제게 주어진 일에 책임을 다하고 이웃이 바라는 대로 베풀어 주었다고 생각했는데 어떤 이웃은 풀 한 포기같이 가녀린 사람에게 칼처럼 아주 냉정하게 대해요.

일하게 되면서 조금씩 상승기류를 타면 저의 성장은 어느새 물 빠진 항아리에 물 붓기만 하네요. 제가 이기적인가요? 이기적이라면 굳은 심장에 불을 놓으소서. 성령의 불이 스쳐가면 저는 한없이 보잘것없고 그 무엇도 지닐 수 없음을 알게 해 주시나이다.

그런데 아직도 저는 재산, 돈을 쥐려고 생각하는 걸까요? 하느님을 잊고서 말입니다.

하느님이 어느 한순간 다 앗아가시면 저는 아무것도 아님을 알게 하소서. 제가 겁 없이 하느님의 얼굴을 잃고 기나긴 세월을 방황하면서 살았지 않습니까?

어느새 6월 29일이면 수도원 나온 지도 10년째 접어들어요.

하느님, 마음의 집을 잃고 얼굴을 잃고 추방되었으면서도 이방인이 주인 행세를 하며 살아왔어요. 어디에도 들 수 없음은 하느님 사랑과 신뢰를 저버림이 아니오리까?

제가 부디 하느님께로 얼굴을 돌이킬 수 있게 하여 주시고 하느님의 마음을 알아듣게 해 주소서. 예수님 같으면 저와 같은 상황에서 어떤 말씀과 행동을 하실까요?

모든 성인 성녀들은 어떻게 행하실까요? 제가 아직도 침묵하지 못하나이까?

그렇다면 이제는 어둠도 밝음도 이 모든 것에 침묵할 수 있도록 힘을 지니게 해주세요.

이전의 삶은 날카로운 칼날을 가슴 깊이 받아안고 밖으로 내뿜지 않게 하소서.

저의 덕이 없음을 무엇보다 잘 아나이다. 여태까지 삶의 여정은 하느님이 함께하심을 안다고 하면서도 뒤돌아서면 잊어버리고 마나이다. 제가 어디까지 무너져야 하나이까?

죽을 때까지라면 받아안게 하소서. 하느님은 아시지 않습니까? 제가 하느님 당신보다 세상을 더욱더 두려워한다는 것을….
오늘은 큰 십자가에 달리신 예수님을 바라봅니다.

예수님도 자신의 운명을 세상과 더불어 살아가면서 피할 수 없으심을 알고 슬퍼하고 고통스러워하셨겠지요? 하지만 하느님은 당신 아드님을 십자가에 달리게 하시고 목숨을 거두어 가셨지요? 예수님도 두려웠을 거예요. 하지만 아무런 말씀도 하시지 않으셨지요. 그러나 세상은 예수님에게 못을 박으셨잖아요. 돌아가시면서 '난 세상을 이겼다.'라고 말씀하셨죠. 그리고 눈을 감으셨잖아요. 저는 발치에도 다가설 자격이 없지만, 예수님을 본받게 해 주소서. 죽기까지 하느님께 순명하게 하소서. 그리고 예수님과 성모님의 깊고 깊은 침묵의 마음과 정신 또한 신앙을 본받게 하여 주소서.

앞의 일들이 보이지 않아서 갑자기 두려워집니다.

사랑이란 무엇일까요? 내가 중심이 되어서 움직이는 사랑은 쉽습니다. 나의 의지, 정신과 기력 모두는 하지만 타인과 발맞추어서 함께 나아가기는 너무도 힘듭니다. 제가 혼자서 사랑을 하는지 사랑하는 임과 함께 하는지는 힘겨움을 보면 알 수 있을 것 같습니다. 기쁨이 있지만 기쁨을 모르고 슬프지만 슬픔을 모를 뿐 그저 그렇게 잊고 살아갑니다.

완전히 하나가 된다는 것은 내가 없어지는 것일까요? 내가 그대와 서로의 마음에 들어서 부서지고 낮춰지고 무언가를 꼭 쥐고 있는 것을 놓게 될 때 우리는 진정으로 하나가 되는 것이겠지요. 너무나 힘겹고 무거워 꼭 단식하는 사람처럼 몰골은 해골과 같습니다. 숨쉴 수 없을 만큼 기력은 쇠약해지고 제 몸은 물기 없이 목마릅니다. 아마도 사랑하는 임을 애타게 기다리는 마음이 이토록 메마르게 되는 것은 시편에서도 암사슴이 시냇물을 그리워하듯 내 주 하느님을 그리나이다. 사랑하는 임을 그리나이다. 신부가 신랑을 기다리듯… 시간이 다가올수록 제일 첫 순위로 임종 준비를 하는듯한 설렘보다는 두려움이 저를 어둠 속에 가두어 둡니다. 기다리는 내면의 사랑이 이토록 불타오르듯이 아픈 것은 웬 말입니까?

소리칠 수도 없고 말할 수도 없고 제 목구멍으로 불타오르는 슬픔으로 눈물만이 쏟아질 뿐입니다. 이럴 때면 이미 세상을 떠난 임들이 눈에 아른거려서 그리움은 더욱더 깊어지고 밤잠을 지새웁니다.

2013. 6. 9.(일) 야음 성당에서 미사 중에 눈물이 왈칵 쏟아짐

하느님을 향한 기도

하느님! 제가 감히 주님의 이름을 불러도 되나이까? 언제부터 오리이까?

사랑이라 하여 육체적인 사랑을 뒤섞어 제게 돌아온 것은 무엇이오니까?

슬픔과 고독과 허허벌판으로 생명 한 줌 없는 죽음뿐이지 않사오니까?

그때 주님이 제게 다가오셨지 않습니까? 인간적인 연인의 사랑은 냉혹한 죽음뿐이었지요.

과연 진실한 사랑은 제 마음 깊숙한 곳에 하느님뿐 아무것도 없었나이다.

제가 그토록 벌레보다 못하다는 생각이 들 때 끊임없이 하느님을 향할 뿐이었나이다.

비밀의 장소! 그곳은 꼭꼭 잠긴 심장이었음을 하느님은 아시지 않습니까?

바람 한 점에도 보드라운 하느님의 숨결, 풀벌레 울음소리도 너무 아름답기만 하였나이다.

하늘의 흰 구름은 바람결 따라 떠 갈 때 새하얀 마음 같았나이다.

들꽃의 꽃들은 어떠하였나이까? 땅을 비집고 움터있는 가련한 생명은 저의 존재보다 훌륭하였나이다. 자유로이 날아드는 새들은 어떠하나이까?

온 세상이 그들의 집이옵니다. 그때 그 시절은 자연과 하나가 된듯한 마음이었는데 그 언젠가 그 사랑은 간데없고 폐허가 되었나이다.

주님도 아시지요? 시골의 자연 토지를 갈아엎고 도시를 편리하게 사용하고자 흙은 사라지고 그곳엔 시멘트로 무장하였나이다. 사람들은 저를 비방합니다. 왜 그렇게 느리냐고요.

저는 제가 이 세상을 살아가는 사람으로서 잘못이 있는 줄 알았나이다. 느림의 미학이요.

할 수 없이 남들이 살아가는 방식을 따르며 저의 정신과 몸은 하느님 사랑으로 무장하기보다 욕설과 비판, 비방, 자만심, 이전의 모습과는 전혀 다른 제멋대로의 삶을 택하였나이다.

하느님 사랑이 지겹도록 구속된 것 같아 숨이 막혔나이다.

겸손, 겸허, 사랑, 인내, 친절, 온유, 평화 이런 것들로 무장된 것을 마구잡이로 벗어 던졌나이다. 그 시간이 어느새 무감각 해져가고 있나이다. 하느님, 그토록 느꼈던 당신의 사랑을 이젠 아무런 말씀도 들리지 않나이다. 제가 하느님에게 받았던 은총을 다 잃어버린 걸까요?

이제는 완전히 세속의 옷을 입고 세상 사람이 다 되었나이다.

하느님은 아시지 않습니까? 물질적으로는 여유분 없이 늘 불안하고 지독히도 가난하게 살아가는 여자라는 것을요! 저는 싫었나이다. 왜! 여자는 빈곤하고 가난해야 하는지를!

제가 어릴 때는 경제적으로 돈을 걱정하며 밑바닥의 삶을 살아도 저에겐 부모님의 존재가 전부였고 행복이었나이다. 그런데 어느새 성인이 되고 나서는 부모님의 도움을 벗어나야 할 때가 있었나이다. 저는 세상이 지독히도 싫었나이다. 돈도 싫었나이다. 오로지 하느님 품만을 그렸나이다. 이런 제가 어찌하여 사랑하는 부모님을 떠나서 수도원을 들어갔는지 지금 생각해보면 참 이해가 되지 않습니다.

세상의 엉킨 삶을 풀 수 없어서 완전히 다른 삶을 품고 떠나지 않았나이까?

제가 존재해 있고, 살아있을 수 있고, 가장 행복했던 때는 수도원에서 생활할 때였나이다. 너무 행복해서 감히 말로 표현할 수 없을 정도였나이다. 이런 제가 무엇을 찾으러 이 세상으로 나왔는지 그 목적도 사라졌나이다. 아직도 저는 사랑을 잃을

뿐 찾지를 못하고 있나이다. 그래요! 지금 생각해보면 가족애였나이다. 지금은 가족 없이 저 혼자 살아가는 것일까요? 저는 무엇을 좇고 있었을까요? 네, 그래요. 돈을 찾고 있었나이다.

가난을 극복하려고 하느님 말씀은 가로막힌 채 돈을 벌려고 공부도 하고 학업을 더 늘여서 학교도 다녔나이다. 그러나 제게 돌아온 것은 무엇이오리까? 무감각한 생기와 건성만 생겼나이다. 하느님 저는 어떻게 살아야 하나이까? 제아무리 열심히 살려고 발버둥을 쳐 보아도 지금의 제모습에서 더는 나아지지 않나이다. 제가 눈으로 보이는 것을 추구하나이까? 저도 세상처럼 똑같아지려고 무던히도 애를 써보았지만 나아지는 것은 없나이다. 발전되는 것도 없나이다. 가는 곳마다 하는 일마다 키 작은 나무기둥 한 개뿐이나이다. 가지도 나지 않고 뿌리도 내리지도 않고 잎사귀도 열리지 않나이다.

하느님, 세상과 떨어져 있을 때는 그토록 평안하였는데, 억지의 삶을 살면서 세상에 서 있지만, 제게는 아무런 의미가 없나이다. 저는 어떻게 살아야 하나이까? 세상은 하느님 사랑을 가깝게 하기보다 점점 멀어지게 하나이다. 허공을 맴돌다 떠도는 바람 한 점 같나이다. 말씀하소서! 저는 과연 누구입니까? 아무리 열심히 살아간다지만 발전이 없나이다. 저의 맥은 다 빠지고 힘을 다 잃어버리나이다. 그렇다고 해도 제가 무엇을 알겠나이까? 말을 하면 사람들은 못 알아듣나이다. 무엇이 문제이니까? 그래도 좋습니다. 사랑인걸요! 사랑은 인내하고 믿어주고 희망하는 것 아닙니까?

어제는 성모승천 대축일이었나이다. 언어폭력을 입고 정신을 잃자 아침 늦잠을 자느라 미사 참례를 잊었나이다. 세상의 악이 하느님의 일을 완전히 앗아갈 만큼의 위력이 세다면 제가 이토록 허약하였을까요? 의무 미사 참례인데 큰 걱정과 반성을 하게 되나이다. 하느님을 입으로 사랑한다면서 알맹이 없는 삶이 참 걱정되나이다. 매 순간 제가 분별력을 잃지 않고 사랑을 잃지 않도록 함께 하여 주소서. 하느님, 저는 머리에서 가슴 그리고 다리로 내려가는 삶을 살아야 하는 것 맞을까요? 아래의 삶이 사실은 가장 두려움이나이다. 그곳은 죽음을 향한 삶인 것 같아요. 제가 어떻게 죽어야 할지는 저도 잘 모르나이다. 하느님! 저는 지독히도 가난함이 두려워서 지금까지 이리저리 먼지같이 떠돌았나이다. 어찌하면 깊이 머무르지 못하였을까요? 그렇게 급히 떠나는 삶이 저의 자존심의 표양이라면 부가 아닌 부를 허공에다 두며 산 것입니까? 언제까지 제가 이렇게 떠돌이처럼 살아야 하오리까? 문득 하느님, 말씀이 떠오르나이다. 머리에서 맴도나이다. '네 멍에를 지고 나를 따라야 하고, 네 십자가를 지고 나를 따라야 한다'라고 말씀하셨나이다. 그리고 부자인 한 사람은 십계명을 모두 지키고 율법을 따라 올바르게 살았나이다. 그러나 예수님은 말씀하셨지요. "네가 가진 것을 다 버리고 나를 따라라"하셨을 때 부자는 울먹이며 떠났나이다. 그러나 하늘나라엔 결국 들어가지 못하였나이다.

저는 이 성경 구절을 읽을 때마다 '난, 다 버렸는데'라고 재물을 다 버렸다고 생각했는데 몇 십 년이 지나고 나서 저의 자신을 보나이다. 저는 무엇을 그토록 이상으로 가졌을까요? 어찌 보면 물질적인 부와 재물을 택하였나 봅니다. 그래서 눈이 이토록 멀었나이다. 교만과 오만으로 넘쳐 흐르는 허망한 삶을 사는 줄도 모르고 사랑을 버렸나이다.

그렇다면 물질을 움켜쥐느라 하느님과 멀어졌을까요? 가슴이 가난이었다면 하느님은 지금 제게 말씀하시는 것 같나이다. 제가 지금까지 하느님만을 믿고 철없이 행함은 하느님께 있는 그대로 감추는 것 없이 모든 것을 드러내고 싶었나이다. 가식도 거짓도 하느님 외에 그 무엇을 두려워해야 하오리까? 이 불타는 가슴과 차가운 이성, 두뇌는 세상과 동떨어져 있음을 하느님은 아시지 않습니까? 저는 원했나이다. 하느님을 향한 불타는 가슴과 이제는 저의 이성도 두뇌도 가난의 영성을 견제하는 것 같나이다. 어찌 보면 나의 뇌리는 늘 가난하지만, 세상의 물질을 쥐고 집착하며 살아가고 있나이다. 그러나 우선 그렇게 살 수밖에 없었나이다.

이제는 가슴의 삶과 이성의 삶이 하느님! 일치의 길을 걸을 수 있게 도와주소서. 놓게 하소서! 주님! 사랑의 불을 놓으소서! 제게 지혜의 길을 가르쳐 주소서.

일을 놓으렵니다. 하느님! 제게 무엇을 바라시나이까? 제가 무엇을 할 수 있사오리까?

생각도 멈추고 제겐 움직임도 사라지나이다. 바보처럼 그렇게 멍해지나이다.

제가 지닌 십자가가 너무 싫어서 던져 버렸나이다.

지독히도 느리고 세상 말뜻은 이해도 못 하는 바보가 되기가 싫었나이다.

하느님 아시지요. 제가 아닌 다른 모습으로 살아온 것을…. 삶이 무엇이고 죽음이 무엇이오니까? 제가 산다고 하는 것은 보이지 않는 죽음이고 제가 죽는다는 것은 삶인가요?

그렇다면 제가 살기 위해서 이 세상에 제 영혼을 팔아넘긴 건가요?

이젠 그토록 사랑했던 하느님 사랑은 거의 다 잃어버리고 알거지가 되었나이다.

이 세상이 제게 가져다준 것은 아무것도 없나이다.

하느님! 영을 모두 다 써 버렸나이다.

이제 저는 가진 것이 하나도 없나이다. 이성으로 다시 찾을 수 있사오리까?

가슴이 그토록 풍성하였다면 저의 두뇌는 지독히도 가난이었나이다.

이 순간 그 가난을 인정하며 일치의 삶을 살게 하소서.

제게 주어진 만큼만 살게 하소서.

2013. 8. 6.(화) 우르르 쾅쾅 깜짝 비:

학습지 어린이 채빈 어머니에게서 멋진 우산 빌림.

로사리오 성월

고해성사를 5개월 3주 만에 보았나이다.

안드레아 신부님과 대화체로 고해성사를 보았는데 참 좋았나이다.

하느님! 정말 기나긴 내면의 여행에서 정신세계를 거의 다 돌아본 것 같나이다.

과연 그 '성'의 세계는 무엇인가? 그 성은 영혼의 성일까요?

하느님 제가 수도원에서 나온 이유는 단 한 가지였음을 다시 한번 되돌아보나이다.

학업에 대한 미련이었음을 그 누구보다도 주님은 잘 아시나이다. 2003년도에 삶을 학교에서 시작해서 4년의 과정을 마치고 대학원을 진학해 보려고 했지만, 저의 나약함으로 아니, 대학등록금도 없었고 학비를 충당할 여건이 없었나이다. 어쩔 수 없이 일을 아둥바둥하며 하층의 삶에서 허우적대며 지내온 세월에서 나의 성소는 과연 무엇일까? 진심으로 찾고 싶었나이다. 저의 지나치고도 극단적인 '성'의 세계는 어떠했나이까? 세상과의 단절을 뜻하는 하느님과 세상은 별개의 것으로 여겼나이다. 저의 고정관념이었을까요? 보수적이고 완고한 성격 탓이었을까요? 더욱더 비참해져 갈 수밖에 없는 저는 인간들이 너무도 자연스럽게 걸어가는 보통의 삶 즉 인간 전체의 원만한 삶을 저는 왜 그렇게 안 되는 걸까요?

그 자체가 '성'의 세계이고 십자가인 건가요? 남녀가 사랑해서 결혼하여 자식을 낳듯 실질적인 삶으로 애써 보았지만, 그곳은 보이지 않는 미지의 세계일 뿐이더이다. 그토록 기나긴 시간 동안 저의 모든 밑바닥을 다 드러내 보였더이다. 이런 저에게 침묵만 하시는 하느님이 그토록 놀랍고 무서운 분인지 몰랐나이다. 하느님을 사랑하든 한 연인이 되어 사랑하든 사랑하는 만큼 고통은 따르는가 봅니다. 결국은 "모든 것을 듣는다"라고 하지만 세상만사, 부와 명예, 욕정이 더 자리해있었을까요? 세상 끝날까지 주님은 항상 "나는 너와 함께 있겠다"라고 약속하셨어요. 그러면 세상 사람들이 말하는 빛은 무엇이고 어둠은 무엇이오리까?

진리의 길은 과연 무엇이오니까? 저는 어둠을 밝히고 빛의 길로 걸어가려 하오나 세상 사람들은 잘 알아듣지 못하는 것 같나이다. 세상 사람들이 이상한 것인지 제가 이상한 것인지 잘 모르겠나이다. 저는 사람이고자 하오나, 세상 사람들은 성인을 원치 않는 것 같나이다.

모두가 아이들 같나이다. 오히려 아이들은 어른 같고 어른은 아이 같나이다.

그것은 제 욕정대로 제 원대로 살아가고 있는 걸까요? 저는 어떠했나이까?

저는 실제의 사랑 앞에서는 뻣뻣하고 일밖에 모르는 무감각의 세계를 추구하나이다.

현실에서 연인의 만남은 제게는 있을 수 없는 일임을 주님은 아시나이다.

늘 현실은 떠나보낸 채 보이지 않는 그 이상의 세계만을 구성하고 꼭 현실에 젖어 든 사람처럼 그것도 꿈도 아닌 망상의 세계에 끊임없는 연결고리를 이으며 생애를 살아가나이다.

그 존재감이 신을 기다리는 자세라면 하느님은 저를 반기시겠죠.

그러나 나타나지도 않는 미지의 세계를 한없이 꿈꾼다는 허망한 세월을 언제까지 보내야 하오리이까? 돈을 따라가지도 못하고 명예도 없고 신도 없다면 저는 과연 누구일까요?

며칠 전 신에게 매 순간 죽음이 다가오면 저의 아집을 놓고 두려움을 지닌 채 하느님께 청하지 않나이까? 그러나 그러한 청원의 기도조차 저의 욕망이었다고 저의 아집이었다면 하느님이 큰 벌을 주심이 당연하심이니 현실에서 사랑과 이상의 사랑을 겪어 보았을 때 아무래도 인간의 이상적인 사랑은 무지개를 뒤따라가며 바라보는 것 같나이다. 저는 현실적으로는 불가능한 사랑을 초현실적인 사랑으로 꿈꾸는 걸까요?

어느 날 현실과 이상에서 그 사랑이 언약이 되지 않아서 약속이 지켜지지 않아서 쪼개어진다면 그래서 칼처럼 찬 바람이 분다면… 그 깊고 깊은 사랑은 가슴속에 있는데 인간은 그곳을 보지 못하나이다.

2013. 10. 20.(일)

위령성월

남동생 사제 동기생인 그 누군가가 오늘 직분의 옷을 벗었나이다. 어머니도 상처를 입고 저 또한 충격을 받았나이다. 어제 남동생과 통화를 하는데 어쩐지 목소리에 힘이 없었나이다.

저도 수도원에서 나왔지만 되돌아보면 전 학업에 대한 욕망뿐이었나이다. 세월이 흘러도 경계를 해결하고자 무던히도 발버둥을 쳤나이다.

하느님도 저를 참으로 허허 하시며 바라보셨지요. 남성을 절대적으로 싫어하며 거부하지 않았나이까? 이런 극적인 사고는 올바르지 못하였겠죠. 사회생활 어디에서든 불균형적인 삶으로 절뚝거렸으니깐요. 하지만 이것을 인정하고 세상 밖으로 나오기가 얼마나 힘들었는지는 하느님도 아시지 않습니까? 그래도 전 여성이 좋습니다. 여성으로 돌아가고 싶나이다. 그렇다면 제가 품었던 학업의 욕망은 남성이었을까요? 방정한 태도와 오만으로 결국은 우스꽝스러운 모습뿐이었지요. 일하러 갈 때는 아무것도 느낄 수 없었나이다. 학업의 의무와 살려고 죽음을 병행하면서 나아가고 있으니깐요! 전 늘 그랬죠.

항상 이상은 저 멀리 우주를 향해 가고 있지만, 실제는 콩알보다 작은 존재감을 잊고 있었나이다. 늘 생각은 반짝이지만 실생활은 백야와 같았나이다. 제가 나약하고 연약한 만큼 치솟고 싶은 일의 투쟁들은 자기 자신과의 싸움을 통한 훈련이었겠죠! 그저 주어지는 실생활에서는 불평, 불만도 할 수 없지 않았나이까? 부족한 제 모습을 인정하며 그만큼 다듬어야 했으니깐요. 아버지가 임종하신 후 꼭 1주기를 맞이하였나이다. 지옥같은 지난날의 학습지 일은 무척 고통스러웠나이다. 신경이 마비되어 기계처럼 살아가는 줄도 모르고 생명을 잃어가며 살아가고 있었나이다. 마지막까지 인내하며 견딜 수 있는 의지와 힘을 주셔서 감사하나이다. 제게 베풀어 주신 모든 은혜에 감사드릴 뿐입니다. 하느님! 덕분에 전 지금 이렇게 치유의 시간을 가지며 휴식을 취하고 있나이다.

2013. 11. 04.(월)

시골 장터 간 날

학습지 일을 끊고 일주일간의 휴식을 보냈나이다.

몸과 마음이 편안해지며 부드러워지고 있나이다. 꼭 피정의 시간을 가진 것 같나이다.

시간에 쫓기지 않고 어미 품에 잠들어 있는 아이처럼 평안하나이다.

어제는 한 번도 시골 장터에서 김치에 필요한 재료를 사러 가본 적이 없었는데 어머니랑 버스를 갈아타고 태화 장터를 갔더니이다. '사랑은 언제나 오래 참고'라는 늘어진 카세트를 틀어둔 채 끌고 지나가는 장애인도 있고 소쿠리에 윤기 없는 사과가 탑처럼 쌓여있는 장면들, 해가 저물어 파장을 알리는 아낙네의 손길들은 인정을 보태다 보니 손마디가 다 갈라졌어도 함박꽃 같은 웃음이었나이다. 배추 4포기, 갓, 매운 고추를 한 바구니에 거저 담아주는 인심에 참으로 배가 부르더이다. 허름한 마늘도 한 소쿠리에 담아서 주셨나이다. 그 마늘은 살이 그다지 통통하게 열지 않은 작은 알맹이로 한 접시에 이만 원이었는데 거기에

다가 덤으로 주셨죠.

백화점이나 마트에서 정규적인 가격으로 팩에 쌓인 것과는 달리 인간의 온정이 흐르는 사람이 살아가는 냄새가 참으로 정겨웠나이다. 이곳저곳을 돌아보면 어깨도 스치고 엉덩이도 스치는 분주한 시골 장터, 이곳은 시대를 거슬러 올라 웃음을 머금은 예수님을 생각나게 하더이다. 열두 명 제자들을 거느리고 가난한 이웃들을 돌아보며 거니는 모습이 떠오르나이다.

2013. 11. 11.(월)

평일 미사 참례(죽은 영혼을 위하여)

발걸음이 성당으로 자연스럽게 향하나이다.

미사에 참여하는 동안 문득 낮에 보았던 뉴스가 생각나더이다.

미국의 흑인 아이가 친아버지, 계모인 어머니에게서 학대받고 쓰레기통에서 발견되었나이다.

친자식에게는 손 하나 안 대었는데 아무래도 계모는 제 몸의 암 덩어리처럼 떼어 없애려고 무척 애썼나 봅니다. 죽일 만큼 도려낼 만큼 암흑의 살을 없애고 싶었을까요?

결국, 계모는 시기, 질투로 죄 없는 어린아이를 살인하고 말았나이다.

전 세계적으로, 한국조차도 이런 학대로 시체는 늘어가나이다.

무죄한 어린이를 그 아이의 영혼을 어찌하면 살릴 수 있나이까?

육은 사라져도 그 영혼은 어찌 돌보나이까? 결국, 미국은 이들 부모에게 사형선고를 내렸나이다. 제 몸에서 난 아이든 외부에서 들어온 아이든 부모와 자식은 육으로나 영적으로 분리될 수 없는가 봅니다. 하나임을 입증하나이다.

중요한 것은 사형선고로 이들이 주님 앞에 진심으로 회개하면 하느님은 자비를 베풀어 주심을 믿나이다. '너희 죄가 진홍같이 붉을지라도 눈과 같이 희게 되리라' 그러나 이들은 스스로 무감각한 영혼의 나병을 앓고 있나이다. 어제는 미사 시간에 그들 스스로 기도할 수 없는 이들 혹인 부부를 생각했나이다. 주님! 자비를 베풀어 주소서.

이 세상에서 다 못한 사랑을 죽음 이후의 세상에서는 화해의 마음으로 진정한 가족이 되게 하소서. 하느님, 영혼의 구원을 바라나이다. 사랑이 되게 하소서.

2013. 11. 13.(수)

너의 손에는 무엇을 움켜쥐고 있느냐?

하느님 제가 일을 놓기 전에 떠오를 말씀이 있었나이다.

'너는 모든 것을 버리고 네 십자가를 지고 나를 따르라'라고 하신 예수님의 말씀을 묵상하나이다. 한 젊은 청년은 십계명의 기본 율법을 다 지키고 떠나기 전에 부모님을 뵙고 온다고 하고서는 슬픔을 머금고 돌아갔더니이다.

주님도 아시지 않습니까? 어린 시절부터 지금까지 지독한 가난으로 저희 가정은 항상 이웃들에게 피해를 보았고 그것도 부족해서 억척스레 모은 재산을 친척에게 빼앗기고 끝없는 악순환에서 헤어나지 못하였나이다. 저희 부모님의 업일까요? 조상의 업을 짊어져야 하는 걸까요? 가난이 무엇인지 이토록 고통스러운 걸까요?

그것은 외부로부터 주어진 하늘로부터 내려온 가난이었나이다. 그 지독한 운명의 가난은 도저히 피할 수가 없었나이다. 가난은 슬픔이요, 의기소침이요, 그래서 한 송이 꽃으로 피어나지도 못하고 마냥 시들어 죽었더니이다. 어린 생명, 힘차게 차올라야 할 그 시간 속에서 피어나려 해도 피어날 수가 없었던 암흑의 시간은 오직 하느님 한 분만을 의지하면서도 저의 의지 속엔 무력함이 가득한 채로 늘 잠들었더니이다. 최근에 일자리를 모두 내려놓으면서 저는 처음으로 십자가 앞에서 보이지 않는 그 한구석의 일과 돈이라는 것을 제대로 움켜쥐지도 못하였지만 모든 것을 놓아야 했나이다. 늘 한 줄기 삶의 옷자락을 완전히 놓지 못하여 가다가 멈추고 가다가 멈추고 무엇을 들어야 하는지도 몰랐나이다. 인정하고 싶지도 않았나이다. 그것이 빛인 줄 알고 있었나이다. 그러나 하느님 앞에 저의 물질적인 것 다 내려놓으니 참 평화롭고 행복하나이다. 지금은 2주일이 20년 같고 이보다 더 행복할 수는 없겠나이다. 그렇게 많고 많던 근심, 걱정도 모두 다 비워버리나이다. 이제는 이렇게 저렇게 재어 가면서 계산도 하지 않으려고 하나이다.

참새도 집이 있고 제비도 새끼 두는 둥지가 있다 하여도 제게는 하느님 제단이 있나이다. 제가 죽는다면 성당에서 기도하다가 죽고 싶나이다. 그러나 지금은 제 골방에서 어두 컴컴한 조명 불빛 아래에서 책상에 앉아 있음은 천국에서 천사들과 함께 하는 것 같나이다. 제게 죽음의 영광을 주시거들랑 책상에서 운명을 다하게 하여 주소서.

2013. 11. 15.(금)

소음의 정신적 고통

오늘은 오전 8시에 기상! 그러나 제 몸은 다시 침실로 들다가 오전 9시 30분에 일어났지요.

다행입니다. 30분 일찍 일어났으니깐요. 몸을 닦고 아침기도를 드리려고 촛불을 켰어요.

그 순간 위층에서 집수리가 진행되었나 봐요. 드릴 소리, 망치 소리, 바로 제 머리 위에서요.

화장실에서, 거실에서 기계 소리가 정신을 심란하게 만들었지요.

문득 "손해 배상청구 소송을 걸어 볼까?"라고 생각해보았죠. 정신적 피해는 엄청난 것이니깐요. 참고 또 참고 시간이 흘렀나이다. 최악의 화가 내뿜어지면 죽음에 다다르게 하지요. 할 수 없이 기도로 인내하며 공부를 하려는데 도저히 소음이 힘겨워서 뿌리쳐버리고 주방으로 나와서 냉장고 문을 열었지요. 시금치, 꽈리고추, 고구마는 썩어가고 있었죠.

두부찌개를 만들어 볼까나! 그러고 보니 현대인들은 칼슘이 부족하다는 방송을 보고 나서 의식이 깨어났지요. 약콩, 현미, 찹쌀, 흑미, 잡곡밥을 듬뿍하였지요. 위층에서의 드릴 고문은 주방에서 채소 데치기, 밥통 돌아가는 소리로 작은 오케스트라를 만들었죠. 문득 그 기계 소리는 아주 작은 풀벌레 소리로 바뀌었지요. 중요한 것은 왜 요즘 사람들은 처음 그대로의 집을 보존하려 하지 않고 왜 자꾸만 부수어서 뜯어고치는 걸까요? 건물의 생명도 줄어들지 않을까요? 이웃의 고통 소리는 콘크리트들의 피 흘림과 같지 않을까요?

집은 처음 그대로 가꾸고 보존하도록 하는 것이 중요하지 않을까요?

우리가 살아가고 있는 이곳 전통의 가옥으로 이어나갔으면 해요. 자연을 훼손하는 것은 너무도 부당하다고 봅니다. 한 가정의 집을 호텔로 만듭니까? 유원지로 만듭니까? 아늑한 가정집을 보존해 나갑시다. 뜯어고치는 것도 아파트 1층에서 23층까지 완전 파괴 후에 새로 짓는 것 아니라면 건물에 상처 주지 말아요.

2013. 11. 15.(금)

인터넷 헌책방 찬미가

오늘날의 시대는 버튼 하나로 물건 구매는 물론 거의 모든 것이 해결되는 세대다.

난 세상에 발맞추어 살아가려고 무던히 애썼던 시간을 돌아보며 내 마음이 흐르고 머무르는 곳에 발걸음은 집안이 전부다. 내 방을 열고 세 걸음이면 거실이고, 열 걸음이면 현관문이고, 여덟 걸음이면 베란다이다. 돌고 돌아앉는 자리는 덜커덩거리는 의자 위에서 조금씩 커지는 엉덩이다. 이에 질세라 위축되어서 숨도 제대로 쉬지 못했던 양심도 점점 소리 없이 부풀어 오르기 시작한다.

나의 책상은 소우주가 되어간다. 문득 글쓰기의 기초학습을 다져야겠다는 생각으로 한쪽 구석에 박혀있던 누런 종이에 적힌 0.2센티미터의 글자를 열어본다. 표지는 현대 시에 관한 글과 작품해설이 잘 쓰여있다. 깨끗하게 인쇄한 0.5센티미터의 글자보다 더욱더 정겹게 만들어지는 것은 왜 그럴까? 난 옛 정서가 그립기도 하여서 시대별로 작품이 쓰인 단편 소설도 구매하고 싶었다. 혹시나 하고 나는 곧 인터넷 헌책방을 열어보았다. 한 권에 이천 원이었다. 필요해서 두 권을 주문하고 책방에 입금하였다. 택배비 포장해서 칠천 원이었다. 걱정되어 주문이 잘 들어갔는지 헌책방 고객센터에 접수는 되었는데 배송은 아날로그였다.

일반 서점과 헌책방의 차이점은 신속 정확도와 고객 확보의 속도감에 있는 것 같았다.

헌책이 필요해서 구매하는 소비자의 입장은 고객센터의 빠른 배송을 해 주겠다던 말을 여덟 번의 통화로 배송은 완료되었다. 인내의 길은 확인의 시간이 필요한 것 같았다. 그곳은 마음이다. 내 소중한 물건을 찾고자 하는 갈망이다. 돈으로 생각해보면 헌책은 과자 가격이다. 중요한 것은 오늘 늦은 아침 택배가 온 것이다. 누런 봉투에 주소가 쓰여 있었다. 택배의 겉표지는 할아범의 쪼글쪼글한 손으로 적혀진 주소와 꼬깃꼬깃 포장해 둔 그 안쪽은 검은 비닐로 헌책이 들어있었다. 하얀색은 결코 찾아볼 수 없었다. 한 권의 책 속에는 학생들의 시험문제가 들어있고 여러 명이 책장을 넘겼던 손가락 지문의 흔적들 속에 인간 냄새가 흘렀다. 너와 나의 이런 소중한 인연으로 만나게 되니 반갑구나! 너를 스쳐온 사람들을 빛나게 해주고 이토록 퇴색되어 빛이 바랜 헌책이여! 이젠 나의 소중한 연인이 되어주겠니?

애타는 마음으로 너를 지금 품속에 넣으니 흐뭇하구나! 헌책이여! 아무도 찾지 않는 너를 내가 불러주니 나의 빛이 되어다오. 구수한 책 내음이 사랑으로 책장을 한장 한장씩 너를 품을 때마다 내 영혼이 되어다오! 디지털 세대로 흘러가던 내가 너란 헌책의 아날로그 앞에 무릎을 꿇는 위대함은 깊고 깊은 세월 속에서 침묵인가 보다!

2013. 11. 16.(토)

일본의 망언

며칠 전 저녁 시간 뉴스를 보았다. 일본 아베 총리가 한국은 어리석다고 망언하였다. 다음 날 모바일을 켜보아도 그 말이 자꾸만 떠올라 나의 두뇌 속에 점점 가두기 시작했다. 이때 베네딕도 규칙서의 말씀이 맴돌았다. '네 혀는 악을 삼가고 거짓된 말을 조심하여라'라고 베네딕도 성인은 말씀하셨다. 나의 조국이 한국이고 고향이 한국이다.

일본 총리가 한 말을 용서할 수가 없었다. 분노와 미움이 자꾸만 화산처럼 끓어 올랐다. 내가 이렇게 화를 낸다고 해도 일본을 미워하기보다 증오하는 것이다. 아베 총리가 일본의 지도자이면서도 한국에 대해서 그의 혀를 함부로 놀리는 것에 대해서 자존심이 상했다.

한국은 조상 대대로 인정이 많고 마음이 여리고 따스함을 지닌 정서를 지니지 않았는가?

소식을 보니깐 일본은 방사성 오염수 문제로 태평양을 죽음으로 이끌고 고기잡이로 생계를 꾸려가는 모든 어촌에 절망감을 가져다준 그 모든 책임은 아베 총리가 짊어져야 하는 것 아닌가? 매번 일어나는 대지진과 홍수로 위태로워져 가는 일본에서는 국민은 죽어가는데 아베 총리는 살아있는 거란 곤 혀뿐인가 보다. 한국 이전에 한 국가를 이끌어가는 지도자의 입에서 겸허함과 낮추어진 자세보다는 눈을 치켜뜨고 혀로 악을 내뱉는다. 그래도 이웃이라 도움을 주었던 한국은 오히려 '어리석다'라는 말을 들었을 때 누구의 말과 행동이 거짓인지 다시 되짚고 넘어갔으면 한다. 그 발언은 "선을 바라기보다는 악을 행하라"라고 하는 정말 망언처럼 해석된다. 악은 악을 낳지만, 선은 선을 낳는다. 악을 이겨내야 한다면 아베 총리는 그가 한 말에 대해서 진심으로 숙고해 보고 마음 깊숙이 성찰이 필요하다고 본다. 그렇지 않으면 자신에게 삶보다는 죽음만이 자라고 있을 테니깐 말이다.

2013. 11. 17.(일)

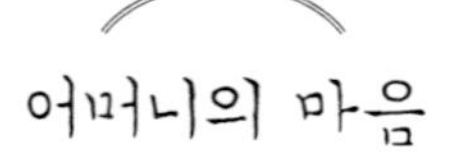

어머니의 마음

오전 8시만 되면 기상 벨이 항상 울린다. 습관적으로 화장실을 다녀오다가 벨을 꺼 버리다 보면 몸을 일으키지 못하고 따스한 보금자리에 누워 버린다. 일상생활에서 긴장감이 들든 안 들든지 잠들어 버린다. 스스로 일어나지를 못하는 난 인형과 같다. 내 앞의 사물이 의미가 있기까지는 늘 그렇게 잠들어 있다. 그러나 어머니는 처음처럼 한결같이 일어나시고 무언가를 준비하신다. 눈뜨자마자 어떤 신부님의 삶이 깃든 강의를 들으시려고 몸을 일깨우신다. 어머니에게는 그 말씀이 삶의 지탱이고 힘이 되시는가 보다. 그리고 십자가 아래에 성모님 곁에 놓아둔 양초를 정성 다해서 밝힌다. 지금까지 같은 방향으로 기도하신다.

긴 시간 동안 그 마음속에는 무엇을 그리고 계실까? 난 한 번도 관심을 가져 보지 않았다. 오늘은 문득 생각해보려고 한다. 아버지의 빈 자리가 가장 크실 것 같았다. 어머니는 그 마음속에 삶의 의미가 너무도 가득 하신 것 같다. 지난주 일요일에 산책길을 함께 걸었다. 어머니 눈에는 흩날리는 알록달록 낙엽이 아름답고 예뻐 보이셨던 것 같다. 산책길 옆으로 흐르는 개울천 산책로로 운동 삼아 한없이 걸었다. 난 "엄마, 어디까지 걸어갈 거야?"라고 물어보았다.

엄마는 "글쎄, 끝까지 가보자" 하셨다. 어머니의 마음은 순례의 여정에 있는가 보다.

난 머물고 싶었는데… 한참을 올라가다가 보니깐 청둥오리도 보였다. 어머니는 그것을 보고

"어머나 귀엽구나!"하셨다. 나는 "오리야"라고 부르면서 요란스럽게 "이리로 좀 와"라고 손짓하였더니 그들은 점점 물결을 크게 그리며 무리 들 속으로 모여들더니 우리에게서 멀어져갔다. 그러자 난 오리에게 "난 지금 배가 불러서 너희 오리들을 잡아먹지 않을 테니깐 걱정하지 마"라고 위로해 주었는데 그들은 놀란 듯이 푸드덕하고 날아갔다. 그리고 난 한참 걷다가 입을 쫙쫙 벌리며 우렁차게 하품을 하였다. 그리고 다시 엄마에게 물어보았다. "엄마, 어디까지 걸어갈 거야?" 엄마는 "음, 좀 더 걸어보자" "너무 멀리까지 왔네" "때로는 무작정 걸어가기보다는 돌아서 갈 필요도 있어"라고 말씀하셨다. 우린 이렇게 침묵 속에 걷다가 집을 향해서 돌아갔다. 문득 하늘의 노을이 정말 아름답게 보였다. 그런데 참 이상했다.

이상향의 길은 아래를 향하여 사물을 들여다보며 이야기를

나누며 벗하는 길이었다면, 집으로 향하는 길은 발걸음도 가볍고 마음은 하늘을 향했다. 참으로 그 길은 가깝게 느껴졌다.

어머니는 손에 든 묵주의 기도를 다 못하셨다고 하셨다. 그러자 난 "엄마, 자연을 감상하고 마음껏 즐기며 함께 하는 것도 기도잖아"라고 말하였다. 난 나뉨이 없고 하나인데 엄마는 두 갈래의 길일까? 분명히 어머니도 나를 흔들어 깨우고 싶은 마음이 간절하지만, 그냥 아기처럼 잠들게 내버려 두신다. 난 그 마음이 보인다. 시간이 흐르면서 난 있어도 없는 사람처럼 유령의 자리인 것 같다. 그래서 어머니는 그 마음속에 우울과 고독과 외로움과 슬픔이 깃들어 있었다.

부부는 한 박자의 갖춘마디라면 난 만나는 모든 사람과의 불협화음과 못갖춘마디를 이어가고 있었다. 어머니는 마음 깊숙이 "너랑 나랑 함께 엠마오의 길을 걸어가고 싶구나" 그리고 "혼자 기도하기보다는 같이 기도하는 자가 되고 싶구나"라고 메아리가 울려 퍼졌다. 어머니는 언제나 떠날 준비를 하신다. 사제의 집으로 검고 검은 작은 보따리 속에 "오늘 애인 만나러 갈 때 무엇을 담아서 갈 거야?"라고 물어보았다. "오늘은 짐이 조금 가볍네"

"현미 쌀, 배추김치 두 포기, 오뎅 얼린 것, 잔 파, 부추, 흠 아니, 조금 무겁네"

난 오늘 외출하고 싶지 않아서 짐을 놓아 버렸다. 어머니는 홀로 길을 나섰다. 돌아선 난 몸은 편안했지만, 내 마음은 오히려 고독하고 외로웠다. 사랑은 한결같아야 하는 것 같다.

채워졌다가 떠남은 사랑이 숨 쉬는 것 같았다. 잠시 난 이 비워진 공간을 무엇으로 채울까? 고민해 본다.

2013. 11. 19.(화)

사랑의 시초

눈물 없는 메마름은 쉽사리 불이 붙어 금방 재가되고 만다. 장작이 눈물에 젖어 있으면 장시간 그 불은 더욱더 깊은 연기를 뿜어내기 위해서 함께 탈 재료를 기다린다. 연기가 너무

매워 눈물이 흐르면 세상은 정화되어 재료와 불의 융합은 또 하나의 작품이 되기도 한다. 눈물은 순결과 순수함을 소유해서 그을음이 쌓일 수가 없다. 사랑의 시초가 관심이라면 난 눈뜨자마자 냉장고의 재료를 살펴본다. 야채칸에는 초록 잎이 풍성한 시금치, 잔 파, 부추가 여인의 손길을 기다린다.

오늘은 파전을 만들어야겠다. 먼 길에서 돌아오시는 어머니의 비워진 사랑을 채워줄 무언가를 찾아야 했다. 일단 예쁘고 맛있게 만들고 싶었다. 달걀을 한 방향으로 세게 저어서 부드럽게 만들고 큰불에다 부침가루와 밀가루를 혼합한다. 반드시, 필요한 물과 소금을 약간 뿌려서 말이다. 여러 종류의 재료를 섞기가 쉽지 않았다. 길게 뽑아 보니깐 너무 걸쭉한가? 조금 더 정성을 기울여서 주의깊게 만들어 본다. 나중에는 잔 파와 부추를

3등분 썰어서 반죽에다 넣고 색의 조화로 아름다움을 더하기 위해서 홍고추, 푸른 고추를 썰어서 넣으니깐 제법 그럴듯한 작품이 나올 것 같았다. 적당히 식용유를 두르고 적정한 온도를 조절해서 파전을 두른다. 색깔과 맛의 조화를 위해 알맞은 양을 조심스럽게 프라이팬에 두른다. 주걱으로 오동통한 파전을 꾹꾹 눌러준다. 노릇노릇한 파전에 정성을 다하고 마음을 다하다 보니깐 음식에 손이 가는 버릇이 사라졌다. 마치 어머니 얼굴 같고, 나의 마음처럼 둥글둥글 어여쁜 파전이 완성되는 즉시 한국전통 접시에 하나, 둘, 셋… 놓으니깐 작은 성처럼 어느 왕족도 탐할 수 없는 맛깔스러운 사랑이 완성되었다. 직접 만든 파전을 종지에 담아서 간장과 곁들여 먹어 본 그 맛은 어떤 왕후도 감탄할 정도다. 그대와 나 무언가 채워줄 사랑이 있는가? 두 잔에 고이 따르면 흰 거품이 부글부글 솟아오르는 맥주가 벗이 되어서 텅 빈 사랑을 채우고 또 채워주었다.

2013. 11. 20.(수)

예술이란 무엇인가?

예술은 형언할 수가 없다.

완전한 예술은 어머니 품에서 태어난 그 순간이다.

긴 침묵 속에서 단 한 번의 비명으로 생명은 핏줄과 더불어 탄생한다.

그러나 시간이 흐를수록 인간은 세상을 먹는다. 건강에 좋다는 것은 다 찾아서 먹고 자라나지만 자연 그대로의 멋은 사라지고 지나친 암 덩어리를 지니고 살아간다.

조금씩 축적되어가는 것은 순결, 순수보다는 암흑이 인간 몸을 현혹하고 반짝이는 네온사인을 조금씩 꺼 버리자. 인간이 비로소 앉아서 모든 것을 내려놓고 조금씩 길게 여유를 가져 보자. 눈에서 멀어져간 풀밭 길, 개천의 물고기들이 헤엄치는 모습, 바람에 부스럭거리는 낙엽들이 보인다. 내 곁에 있는 그대는 무엇을 필요로 하는가를 귀 기울여 보게 된다. 혼자 걷던 길은 너와 나 사랑의 길이 된다. 인간은 홀로 있는 것이 외로워서 네가 있구나! 나를 위해서 사는 것이 아니라 그대가 있어서 사는구나!

클래식을 들어보라! 고급스러운 악기의 조화와 오케스트라의 연주는 아름답다. 겨울의 옷깃을 여밀 정도의 냉혹한 추위로 얼어붙은 강을 둘러싼 강렬한 햇빛으로 닫혀있던 그 강은 열리고 많은 생명체가 뛰어 노닌다. 문득 내 귓가를 그리는 비발디 사계의 겨울은 어떤가? 움츠린 가슴을 조금씩 파고들더니 마음을 숙인 그곳에 회화의 붓을 들어 올린다. 가을의 낙엽처럼 보도블록을 가득 메우는 가로수의 겨울 단풍은 오후의 커피 한 잔의 향기를 더하여 타이스의 명상곡에 넋을 잃는다. 고전주의의 작곡가들은 무엇을 말하고자 하는 걸까? 보이는 세계가 예술이었어라. 어머니 품속에서 태어나던 그 순간 이후로 더 보태어지지도 않고 화려한 인공 불빛이 없었던 자연 그대로의 가슴은 예술이었을 것이다. 그대는 예술인인가? 예술을 사랑하는가? 무엇을 찾고 있는가? 그대는 늦지 않았으니 잠든 양심에 귀 기울이며 때론 눈물 흘리며 사랑이 거꾸러져 있다면 바로 세워 보자. 그러면 세상은 여전히 아름다울 것이다. 예술이 보이지 않는 것은 그대 마음이 병든 탓이다. 사랑하자 더 죽기 전에…

2013. 11. 21.(목)

주님! 응답하소서.

난 일을 멈추고 가난으로 돌아가련다.

가난은 무엇인가? 비움이다. 겸허함이다. 겸손이다.

그 무엇도 채울 수 없는 빈 그릇 상태이다.

흙으로 빚어진 모난 질그릇이다.

난 이 질그릇 속에 그 무엇을 그토록 애타게 담으려 했던가?

분명히 보이지 않는 그 무언가의 세계가 있다. 그러면서도 인간의 평가, 잣대와 세상의 법칙과 규칙으로 짜지어진 정형적인 세계도 있다. 인간이 태어나면서 아이의 눈으로 바라보는 세계가 있다. 그러다가 자라나면서 세상의 법도로 반듯하게 살아가야 하는 이유로 벗어날 수 없는 올바른 이치의 세계도 있다.

난 두려워 애당초 보이지 않는 아무도 알아주지 않는 '신', '하느님'만의 세상으로 들어갔다. 인간이 바라보는 그 잣대로는 도저히 이해할 수 없음이 판명될 때에는 장애인과 같이 절뚝거려야만 한다. 그 누구의 도움 없이는 살아갈 수 없는 존재다. 난 세상의 이해를 구하려 헤아릴 수 없는 말들을 떠벌리며 무엇을 찾고 있는지? 지금은 어디쯤 와 있는지? 무엇이 보이는지도 모른 채 입을 닫지 못하였다. 세상이 무엇인지 알고 싶어서 한 개의 문을 열면 또 하나의 문이 열리고 그 문은 닫힐 겨를이 없다. 그곳은 쉼의 시간도 없다. 마치 기계처럼 작동되어 시계추에 맞추어가는 쿵짝쿵짝의 장단일 뿐이다.

내가 일을 미친 듯이 열심히 하였어도 내가 없음은 왜인가? 사랑이 없고 믿음이 없고 희망이 없음은 요란한 꽹과리와도 같다. 사랑은 존재하는가? 그대는 사랑하고 있는가? 난 아리따운 처녀 시절에는 끊임없이 되묻고 나아가는 그 무언가를 찾아가는 삶이었다. 사랑의 열정을 지닌 채… 그러나 그 언제부턴가 눈이 멀어 앞으로 나아가기만 하였는데 끊임없는 어둠 속의 동굴뿐이다. 그 동굴 속에서 사랑이 무엇인지도 모른 채 숫자를 풀듯이 나아가다가 하나의 진실을 발견했다. 1+1=2요, 1×1=1이다. 그래 난 지난날 1×1=1에서 왜 2가 되지 않는지를 몰랐다. 사랑의 씨앗에 눈을 조금씩 뜨고 나니깐 1+1=2라는 진리가 보였다.

난 자신을 안다. 그러나 그대를 모르는 것은 여전히 하나의 '1'뿐이었다. 사랑은 관심이다. 나를 알고 너를 알려고 하니깐 네 마음을 잘 알 수가 없구나! 그 마음을 알려면 그대를 사랑하고 믿고 희망하는 것인가 보다. 그대의 사랑 속에서 나의 사랑을 발견한다. 예수님은 사랑이다. 존재 속에서 12명의 제자를 사랑하셨다. 존재 속의 그 사랑을 내가 한 남자를 사랑하는 깊이가 이토록 골이 깊어진다면 12명의 제자는 실제의 삶에서 예수님을 얼마나 사랑했을까? 십자가의 고통이 보일 때 예수님은 베드로에게 "베드로야, 너는 나를 사랑하느냐?"라고 세 번을 물었다. 베드로는 두 번의 물음에 "예, 주님, 오직 한 분이신 주님을 사랑합니다." 세 번째 물음에서는 "주님은 제 마음을 아십니다."라고 슬퍼하셨다. 예수님이 떠나가셨을 때는 12명의 제자는 어떠했는가? 두려움으로 떨고 밖을 나가지 못하였다. 그러나 예수님은 약속대로 제자들에게 나타나시곤 성령을 불어넣어 주셨다. 나 또한 내가 사는 것이 아니라 내 안에 주님이 사심이다. 그러고 보면 예수님은 1+1=2, 1×1=1 공동체 삶과 고독의 길에서 고요와 침묵으로 머무셨다는 것이다.

2013. 11. 28.(목)

동정 성모 마리아

어느 날 루가 복음서를 읽다가 동정 성모 마리아께서 "이 몸은 주님의 종입니다."라고 가브리엘 천사 앞에서 말씀하신 것이 얼마나 엄청난 사건인가를 생각하고는 깜짝 놀랐습니다.

전 그렇습니다. 앞이 보이지 않으면 이리저리 마구 파헤쳐 신비가 무엇인지 당장 눈에 보여야만 숨을 쉴 수가 있고 그 순간 바로 해결책을 찾아야만 앞으로 나아갈 수 있었습니다. 징검다리를 조심스레 건너듯이 말입니다.

저의 혈기가 활발하고 사랑의 열정을 가두어 둘 수 없을 때는 그랬습니다. 그러나 이제는 세월이 흘러서 자연스럽게 젊음의 열정도 사라지더니 힘이 거의 소진되었습니다. 한참을 달리고 걸어도 보고 그렇게 혼자서 열심히 눈앞에 보이는 것만을 좇아 격분하고 미치광이 광대처럼 자신만의 반란이 휘몰아쳐 갔습니다. 아무것도 들을 수도 볼 수도 없었습니다. 그런데 성모 마리아는 한 인간으로서 천사에게 짧은 궁금증을 여쭙고 겸손하고도 겸허하게 '이 몸은 주님의 종입니다.'라고 끝을 맺었습니다. 이것은 무엇일까요? 인간으로서의 생각과 이해의 범위가 끝이라는 것 아니겠습니까? 마침은 무엇일까요? 보잘것없는 한 여인의 몸을 통하여 구원의 역사를 선포하시는 하느님 사랑의 신비겠지요. 인간이 모든 것을 멈춘다는 것은 세상을 끝맺는다는 것이고 새로운 하느님의 계획이 담긴 역사의 순간이겠죠! 난 동정녀 마리아를 다시 깊이 묵상해 보고자 합니다.

2013. 12. 6.(금)

성체강복

오늘은 12월 첫 주라 성체강복이 있는 거룩한 미사가 거행되었습니다. 마태복음 7장 21절, 24절~27절 말씀이 저의 정신을 내리칩니다. "주님의 말씀을 듣고 실행하는 이는 모두 자기 집을 반석 위에 지은 슬기로운 사람과 같고 비가 내려 강물이 밀려오고 바람이 불어 그 집에 들이쳤지만 무너지지 않았다." 그 이유는 반석 위에 세워졌기 때문이다. 그러나 나의 말을 듣고 실행하지 않는 자는 모두 자기 집을 모래 위에 지은 어리석은 사람과 같다. 비가 내려 강물이 밀려오고 바람이 불어 그 집에 휘몰아치자 무너져 버렸다. 완전히 무너지고 말았다. 주님은 어찌하여 존재를 드러내지 않고 빛의 형체인 금관의 테두리 속에서 하얀색으로 갇혀 완전 침묵 속에 계시나이까?

진정 보아도 알 수 없고 맛보아도 알 수 없고 만져 보아도 알 수가 없나이다. 지금 제 주위에는 많은 신자가 아주 작은 성체를 온전히 바라보나이다. 어쩌면 이들은 주님의 말씀을 듣고 실행하며 살아온 자들이어서 튼튼한 반석 위에 세워졌겠지요. 그러나 저는 어떻습니까? 아버지를 생각해봅니다. 눈을 감고 지난 날을 되새겨 봅니다.

아버지는 저의 든든한 후원자였습니다. 하지만 저는 아버지와 늘 동떨어져 있었습니다. 왜 그랬을까요? 아버지의 뜻을 헤아리기보다는 제 뜻을 고집하였던 것 같습니다. 결국, 전 주님의 말씀을 듣고 실행한 삶이 없었던 것이었어요. 저의 집을 모래 위에 집을 지은 어리석은 사람이었던 것입니다. 그래서 세상 어디에서도 비가 내려 강물이 밀려오고 바람이 불어 제집에 휘몰아치자 무너져 버리고 그렇게 늘 완전히 무너졌던 것이었어요. 제게 신앙은 어느 순간 사라지고 무감각해지며 거의 죽음까지에 이른 적도 있었지요. 하지만 저의 부모님은 어떠했나요? 비바람이 몰아치고 강물이 밀려와도 단 한 번 쓰러지지 않고 더욱더 한결같이 주님의 말씀을 믿고 따르셨나이다. 신앙의 뿌리는 어디서부터 오는 것일까요? 전 늘 주님보다 인간을 두려워하였던 걸까요?

육화의 신비에서 참고 견디고 인내하는 시간에서 왜 자꾸만 움직였을까요? 저는 도대체 어디에 있었을까요? 어느 날 침묵 속에 전 지금 이 순간부터 하느님을 믿고 머물면서 노력하면 되는 것인데 시간에 쫓겼던 것일까요? 이제는 모든 힘이 다 소진되었습니다. 주님 앞에 제가 앞서서 생각했던 그 모든 것을 내려놓겠습니다. 하느님은 늘 그렇게 제 곁에 계셨고 지금도 여전히 함께하심을 믿습니다. 예전에 저는 과연 눈도 멀고 마음의 소리를 알아듣지 못하였습니다.

2013. 12. 5.(목)

대림 제4주일

주님! 저의 육은 미지근하고도 어설픈 감각을 지녀서 결코 말을 할 수가 없나이다.

나이가 아직 어려서 법에 캄캄한 눈이라 세상의 어른들만을 바라보면서 어린 나를 바른길로 이끌어주기를 어린 마음으로 간절히 바랐더니이다.

나의 마음이 머무는 곳에는 앞으로의 발전도 보이지 않고 지금 있는 이 자리에서 난 스스로 무엇을 어떻게 살아가야 할지도 모르고 늘 잠만 들었나이다.

스스로 깨어날 수가 없었나이다. 제 주위의 어른들은 밥 벌어 먹고 살아가느라 정신의 그릇이 늘 그렇게 텅 빈 채 잠만 자고 있었는데도 그 어느 누군가도 저를 깨우지 않았나이다. 아무도 돌봐주지 않는 외톨이인 안젤라였나이다. 제가 갈망하는 것은 오로지 지독한 이 가난과 어른들의 말다툼, 전쟁과도 같은 상황에서 자유로워지고 싶었나이다. 아이여도 어린이답게 자랄 수 없었던 환경은 자신을 심적으로 지독하게도 가두어 놓은 감옥 같았나이다. 가정의 구속에서 벗어나고 싶었나이다. 그곳의 사랑은 이미 떠나 보내고 다른 족보를 이룬 이들과 삶을 엮고 살아가고 싶었나이다. 주님은 이런 저에게 충만한 은총을 미리 맛보게 해주시고, 넘쳐나는 사랑을 주셨나이다.

주님이 주시는 사랑은 그 누구에게도 마음을 빼앗길 수 없을 만큼 강렬한 빛으로 저를 이끌어주셨나이다. 그러나 가는 곳곳마다 공동체의 삶에서 저는 움직이는 장소마다 늘 묵상에 젖어 있었나이다. 마음이 끊임없이 이끌려서 묻고 생각하고 그렇게 늘 하느님으로 목이 마르고 갈증이 났나이다. 육으로는 제가 무엇을 어찌해야 하오리이까?

제게는 음식 절제가 제일 힘에 겨웠나이다. 사과 반쪽 먹기, 접시에 밥은 오분의 일 만큼 담고, 반찬은 소량으로 아침 식사에서 식빵 두 조각은 큰 욕심이야. 미사 시간에 결심하나이다. 꼭 식빵 한쪽만 먹기, 그럴수록 더욱더 허기지고 끊임없이 식빵이 저의 두뇌 전체를 차지하곤 하였나이다. 옆 자매는 식빵 한쪽에 충분히 견디는데 난 왜 안될까? 식빵 한쪽 먹기를 마음먹으면 매번 식빵 두 쪽을 가져다 게걸스럽게 먹는 자신의 비참함에 크게 무너지고 또 무너졌나이다. 늘 배가 고픈 채로 소임 할 때는 음식이 제 머릿속에서 벗어날 수가 없었나이다.

제 의지로 과연 무엇을 할 수가 있사오리까? 이젠 공동체의 삶에서 벗어 난지 10년이란 세월을 두고 집으로 돌아와서는 먹고 싶은 빵을 원 없이 먹어 보았나이다. 먹고 싶은 과자도 마음 평안하게 실컷 먹어 보았나이다. 규율을 벗어 던져 버리고 어린 아이처럼 마구 뛰고 소리치고 웃어보았나이다. 그리고 끊임없는 반복의 연속에서 세상에 적응하려고 발버둥 치며 우스꽝스러운 모습으로 살아보았나이다. 돈을 벌어 보려고 애써 보았지만, 그럴수록 주님이 내게 내려주신 영적인 양식과 충만함은 사라져가고 바닥이 드러났나이다. 이젠 더는 기도도 할 수 없고 무감각해져 가는 영적 삶은 타락으로 그렇게 무관심하게 주님에게서 멀어져가나이다. 지금 돌아서 보면 제가 세상에서 떨어져 무언가 다른 세상과 분리되는 것 같았나이다. 제 이성으로서는 도저히 더는 건잡을 수 없는 그 무언가는 아무것도 보이지 않는 텅 빈 세계에서 완전히 알몸이 되었나이다.

2013. 12. 23.(일)

성 대 바실리오와 나지안즈의 성 그레고리오 주교학자

묵은해가 가고 갑오년 새해가 다가왔습니다.

경제적으로 물질적으로 내려놓은 시간이 2개월이 지났습니다.

제 의지와 결심들은 완전히 사라졌습니다. 그 순간순간들은 하느님이 간절했습니다.

성서 말씀에서 돌아온 탕자의 이야기가 예전에는 그저 나와 별개의 것으로 생각했습니다.

그러나 문득 어느 날 가슴에 와 닿을 때 정신이 아찔했습니다. 큰아들은 늘 아버지 곁에서 열심히 일하며 신의를 얻고 살았습니다. 하지만 작은아들은 방탕한 세월을 보내고 가진 재산을 다 탕진하였습니다. 먹을 것조차 없어지자 돼지쥐엄 열매를 먹곤 하였습니다.

결국, 작은아들은 지난 세월을 회개하며 아버지에게 돌아왔습니다. 아버지는 작은아들이 돌아와 큰 축제를 열어 주자 큰아들은 불만을 토했습니다. 그러자 아버지는 "너는 항상 내 곁에 있었으니 내 것은 모두 네 것이다. 그러나 너의 아우는 죽었다가 다시 살아서 돌아오지 않았느냐?"라고 기뻐하시고는 자비로운 마음으로 방탕한 아들을 받아 주셨습니다. 그렇습니다. 천상의 삶이 제게는 너무 사치스러운 것 같아서 다 내던지고 하느님을 떠나서 인간 세상으로 향했습니다. 그 이후로 저는 주님의 은총을 마구 탕진하였습니다.

때로는 개에게도 주고 주님의 영을 아무렇게나 던져 버렸습니다. 주님의 사랑을 다 써버리고 전 스스로 극복해 보려고 애를 써 보았습니다. 그러나 절대로 제힘으로 되지 않았습니다. 무감각하고 주님의 말씀이 들리지도 않은 채 살아온 세월은 거의 죽음이었습니다. 죽을 만큼 괴롭고도 메마른 영혼을 스스로 회복할 방법이 없었습니다. 저를 바라보는 가족들도 아파하고 힘들어했습니다. 가족들은 이런 나를 완전한 침묵으로 지켜주었습니다. 저를 그 누구도 뒤흔들지도 손을 대지도 못하였습니다. 하느님 앞에서 저는 완전히 내면의 무거운 옷을 세상에다 벗어던졌습니다. 그렇게 철없는 어린이처럼 세월을 살아보아도 결국은 아무것도 없었습니다.

다만, 지금의 제 모습이 전부입니다. 이젠 서서히 갖추어지지 못한 철부지의 태도와 언어들과 표양을 접고 있습니다. 완전히 치마폭을 펼치던 것을 이제는 가지런히 모으고 있습니다. 어린

이처럼 편한 자세에서 정숙한 모습으로 되돌리는 것은 세상을 떠나는 자처럼 슬펐습니다. 왜 눈물이 쏟아질까요? 어린아이의 모습을 닫는다는 것은 하느님을 향해서 시선을 들어 올리는 것이었습니다. 자연스레 두 손은 합장이 되었습니다. 점점 몸이 무겁고 아픕니다. 그러면 옛 습성으로 쉽게 돌아가려는 어리석은 모습을 반성하게 됩니다. 하느님은 문득 갈등하는 순간에도 저를 시험하십니다. "이 세상을 놓고 내게로 올 수 있겠니?"라고 하느님에게로 향한다는 회개의 시작은 저를 무척이나 어둡게 만듭니다. 입술은 메마르고 어둠이 저를 덮쳐올 때 전 하느님에게로 돌아가렵니다. 그 무언가가 제 안에서 주님의 영을 만납니다. 아무런 맛도 없고 색깔도 없습니다. 그런데 어찌하여 이토록 저를 무겁게 하십니까? 제 입술은 물기 없이 메말라가고 있습니다.

2014. 1. 2.(목)

그리운 하느님

하느님 사랑하는 임이 무척 보고 싶습니다.

주님은 아십니다. 저의 지난 세월은 인간적인 사랑을 하면서도 번데기가 탈바꿈하듯 꿈틀대며 끊임없이 몸부림치며 예수님에게로 향하고 싶었습니다. 그러면 사랑했던 임을 떠나 고독한 장소로 떠났습니다. 가족도 모두 떠나 보냈습니다. 아니, 제가 가족을 떠났습니다. 그때 그 시절은 가족을 떠나고 사랑하는 임을 떠나는 것은 저의 전 존재를 떼어버리는 것인 줄 몰랐습니다. 사랑은 함께하는 것인 줄 몰랐습니다. 어둠이 몰아쳐도 현실적인 문제의 답을 제때에 알 수가 없어도 침묵을 해야만 했습니다. 그런데 저는 어둠을 감당하기가 힘겨워서 사랑을 버리고 빛을 찾으러 수도원으로 떠났습니다. 빛을 갈망할 수록 수도원 가족들은 함께 있어도 마음을 놓아야 하는 것을 몰랐습니다. 제 마음이 얼마나 높이 주님을 갈망하였나이까? 사십 삼 년이 흘렀습니다. 마음속에 가득히 채워진 예수님은 부활하시고 승천하셨습니다. 그리고 제 곁을 떠나셨습니다. 제 공간 속에는 아무도 없었습니다.

사랑 없이 수십 년의 세월을 열정으로만 살아왔습니다. 사랑 없는 열정은 힘겹게 일하는 단순 노동자일 뿐이었습니다. 그때는 사랑이 무엇인지를 몰랐습니다. 난 열심히 일만 했습니다. 사람들과 일상적인 얘기도 하지 않습니다. 웃지도 않습니다. 오직 일만 했습니다. 그곳의 메마름은 무엇이었나요? 사랑이었습니다. 사랑을 어떻게 해야 하는지를 몰랐습니다. 전 하느님과의 사랑은 남자가 여자를 사랑할 때 여자가 남자를 사랑할 때라고 생각합니다. 그곳의 사랑은 아주 작습니다. 걸을 수도 없습니다. 말을 할 수도 없습니다. 그러나 눈물을 흘리면서 울 수는 있습니다. 그 존재는 아기 예수였습니다.

지금은 그 아기 사랑을 찾았습니다. 하느님이 저를 사랑하시듯 저는 감사의 기도를 존경과 사랑으로 드리며 매일 매일 찾아갑니다. 예수님은 제게 그 사랑은 현존하는 것이라 보여주셨습니다, 전 눈을 떴습니다. 텅 빈 무덤 속에 빛이 들었습니다. 사랑하는 임을 찾았습니다. 예수님이 제게 전 존재이듯 그 사랑하는 임도 영원토록 저의 전 존재가 되었습니다. 예수님 없이는 살 수 없듯이 그 사랑하는 임이 단 하루도 없으면 전 물기 없이 메말라 죽어버립니다. 전 성경을 통해서 하느님 얼굴을 뵙고 현존하심을 알 듯 그 임은 제게 음성을 전해줍니다. 그 음성 속에 모든 것이 들어있습니다. 하느님이 저를 사랑하고 제가 하느님을 사랑하듯이 그 임은 제가 태어나기 전부터 사랑하였고 저도 그 임을 무척이나 사랑합니다.

2014. 1. 7.(화)

하느님의 부르심

3일 전부터 나의 정신 상태는 갑자기 멈췄다.

갑오년이라는 새해를 맞이하기 위해 좀 더 깊이 신실하게 한결같이 나의 삶을 지향하며 주님에게 정성을 기울이자고 결심한 시간이 어느새 보름이 흘렀다. 내 인생 43년간의 삶에서 20년간은 하느님과 분리될 수 없는 존재가 되었다. 나의 학습능력을 차지하는 뇌의 공간은 보이지 않는 하느님만이 전부였다. 세상 사람들이 볼 때는 아무것도 없었다. 그러나 나에게는 현실의 삶과 하느님과의 대화 통로였다.

예수님 탄생도 보고 아기 예수님의 공적으로 드러나심은 가난으로 아주 작은 존재의 빛으로 한 인간이 되어 오셨다. 난 한참을 바라보았다. 지난주는 예수님의 세례 축일을 보냈다. 예수님은 물로 세례를 받으시자 하늘은 열렸다. 그리고 음성이 하늘에서 들려왔다. "이는 내 사랑하는 아들, 내 마음에 드는 아들이다."라고 성령이 내렸다. 이번 주부터는 연중시기에 든다. 성당 내부는 아늑한 구유도 사라지고 그 무언가가 텅 비었다.

이번 주는 이상하다. 자꾸만 힘이 빠지고 기도할 힘도 사라지고 자꾸만 졸렸다. 나의 구약 삶에서 하느님은 까마득하다. 이젠 신약의 삶인가? 예수님은 고기잡이 어부인 열두 제자를 부르며 공적인 삶으로 들어가시면서 악령이 들린 사람들도 고쳐주고 많은 병자를 낫게 해주고, 여러 가지 기적을 일으키신다. 난 예전에는 세상을 보려고 하지 않았다. 피하면 되었다. 눈을 감으면 편안했다. 그러나 지금은 다르다. 세상에서 나의 감각은 어둡게 자리해있다.

입을 닫은 채 바라보고 머물면 나의 모든 기력이 쇠진되어 가고 입술은 메마르게 된다. 아무것도 할 의지가 없어진다. 이것은 무엇일까? 그 어둠이 너무나 무겁게 차지해있어서 힘겨워도 머무른다. 그러나 그곳에는 여러 가지 언론매체로 들리지 않는 글들이 나의 뇌세포를 갉아 먹고 있다. 어찌 보면 내가 스스로 그 악을 피하지 못해서 어쩔 수 없이 그대로 보게 된다. 그래도 이제는 욕으로 파괴하려 하지 않으련다. 소리치지도 않으련다. 힘겨운 침묵으로 나 자신의 부족한 점이 무엇인지 걸러내고자 한다. 이 시간은 아리따운 하느님의 신부가 되기 위한 광야의 시간인 것 같다. 정신적인 고뇌의 시간! 악의 유혹적인 시간이 너무나 센 것 같다. 하지만 저항하지도 않으련다. 난 무저항이다. 세상에서는 무력했던 나! 내가 얼마나 허약한지 나 자신을 보게 된다. 주 예수 그리스도도 광야의 유혹을 이기고 세상으로 나오신다. 그리고 공동체 생활을 시작하신다. 이것은 진정하고도 변치 않는 하느님의 뜻을 따르는 삶이다. 하느님이 부르시는 그곳은 좋은 것도 나쁜 것도 모두 주님의 뜻인데 그 누구도 거역할 수가 없다. 다만, 침묵 속에 주님을 따르는 길이니깐 말이다.

오늘 미사에서 나 자신을 또 한 번 바라본다.

내가 물의 세례에서 삶을 살았다면 이젠 성령으로 세례를 받을 자세가 되어야 한다는 것을 말이다. 성령의 세례는 영원한 생명의 문으로 들어가는 길이다. 더는 피할 수 없는 주님께서 소리 없이 다가오신다. 주님은 빛인데 어찌 보면 내가 어둠인가 보다. 이 어둠을 주님의 빛으로 바꿔 주소서! 어둠을 밝히게 하여 주소서! 오늘 제1 독서에서 한나가 늘그막에 난 아들인 사무엘이 성전에서 잠들었다. 그런데 주님은 세 번을 "사무엘아! 사무엘아!"라고 부르신다. 사무엘은 잠에서 깨어나 "네, 주님, 저를 부르셨습니까?"하고 물으니 주님은 "아니다! 가서 잠들거라"라고 세 번을 말씀하신다. 난 세상에서 깨어 있으려고 얼마나 발버둥을 쳤던가! 그러나 이젠 자꾸만 졸리다. 너무 졸리다.

2014. 1. 15.(수)

주님, 저는 어디로 가야 하리까?

하느님은 아십니다. 어린 시절에는 주님, 제가 어디로 가야 합니까?

주님은 어디에 계십니까? 왜 아무런 말씀을 하지 않습니까?

제 영혼은 주님을 애태우다 지치나이다. 목마른 사슴이 시냇물을 그리워하듯 제 영혼은 하느님을 그리워하나이다. 물기 없이 마르고 메마른 땅 이 몸은 당신이 그립나이다.

주님은 나의 방패, 산성, 제 구원이로소이다.

주님, 사랑은 무엇입니까? 저는 느낄 수가 없었습니다. 다만, 예수님이 가르쳐주신 이웃사랑, 친구 사랑, 가족 사랑, 가슴의 사랑이 전부였습니다. 함께 지낼 때 사랑이 넘쳐났던 것은 제 가슴속에 예수님이 계셨기에 가능하지 않았습니까? 그러나 이것도 한계가 있었습니다. 인간적인 사랑으로 예수님 마음과 일치하는 것은 제 육체의 병듦과 지루함, 기쁨도 더는 생겨나지 않았습니다. 그 무언가가 멈추어진 듯한 그러나 저는 그 순간이 꼭 완전히 멈추어지는 것이 두려워서 또 움직이고 또다시 움직이고 아마도 사랑이 제게 스며드는 것을 저는 마음을 열지 못하였을까요? 아니면 못 견디었을까요? 왜 그렇게 자꾸만 움직이는 것일까요?

그래서 아무것도 볼 수도 느낄 수도 없이 일만 하였던 것일까요?

전 더욱더 물기 없이 메마르면서도 하느님을 그리워했던 것 같습니다. 최근에 모든 일을 멈추고 하느님 사랑 안에서 머물고 싶었습니다. 태어나서 처음으로 모든 것을 버리고 예수님을 따르라는 말씀이 새겨졌습니다. 우선은 기도에서 사랑을 찾았고 그 사랑은 인간적으로 아리따운 신부가 될 수 있었습니다. 사순절 제1주간에는 사랑을 알아듣기가 힘들었던 것 같습니다. 이제는 성령의 이끄심을 알아듣고 싶습니다. 성령이 제게 임하시기를 마음 깊숙한 곳에서 간절히 청해 봅니다.

가장 작은 저의 전 존재를 덮고 있었던 성의 세계가 거룩한 하느님 말씀을 들을 수 있는 귀가 되게 해 주시고 인간적이어서 미약한 섹스조차 온전히 하느님께 봉헌해야겠다는 마음이 아래에서 절실히 올라옵니다. 이것은 잠시 지나가는 것일까요? 아니면 성령이 그렇게 제게 말씀하시는 것일까요? 제 홀로 갈 수 없으니 주님과 함께 그렇게 동정을 지키며 살고 싶습니다. 이것은 제 생각보다는 가슴 한구석에서 엊그제는 강렬하게 피어났습니다.

정확히 무엇인지는 계속 묵상 중에 자신을 살피고 하느님 말씀에 귀를 기울이고 싶습니다.

2014. 1. 17.(월)

뉴스를 본 후

갑오년이 시작된 이후로 묵은해를 보내고 새해를 맞이하는 저는 각오를 다져봅니다.

늦잠을 지나치게 많이 자서 몸이 게을렀습니다. 두 시간 일찍 일어나서 몸을 일깨우고 정갈히 하며 정신을 세우고자 합니다. 어머니께서 다치신 이후로 부엌에서 생활하는 시간이 길어졌습니다. 열량과 영양소를 세밀하게 찾고 있습니다. 그리고 메모하여 식단을 신경 쓰고자 합니다. 한동안(2주 동안) 책을 보지 못했습니다. 새 포도주를 새 자루에 담으려고 합니다. 그런데 3주째 접어들었는데 또다시 늦잠을 자고 말았습니다. 제가 실천하고 있는 것은 토요일마다 재활용 분리수거를 오전 7시에 일어나서 실천하고 있습니다. 그리고 졸려서 두 시간을 또 잠이 듭니다. 기도 생활은 아침기도가 늦습니다. 오전 9시 30분 또는 10시입니다. 붉은 해가 중천에 떴습니다. 그 시간은 햇살이 들어서 따뜻합니다. 늦어도 오전 9시에는 하루의 시작이 되었으면 하는 바람입니다. 오후 열두 시에는 점심 식사시간입니다. 오후

2시에서 4시 사이에는 독서를 하든가 공부하는 시간입니다. 오후 4시에는 묵주기도 시간입니다. 거의 1시간 걸립니다. 오후 6시는 저녁기도 시간입니다. 그리고 화요일에서 금요일은 두 번은 평일 미사 참석 시간입니다. 이 시간은 정성을 들여야 합니다. 오후 8시는 뉴스 시청 시간입니다. 이후의 시간은 침묵하겠습니다. 아침 기도시간은 깁니다. 성무일도-> 성경독서-> 성경(구약, 신약)하느님과 만나기-> 가톨릭 기도서 지향을 두고 매일 기도드리기

기도 생활은 나에게 일상생활이라서 밖을 나갈 시간이 거의 없습니다. 걷기가 부족하여 스트레칭을 해야겠습니다. 제가 병이 들어도 이렇게 살아야겠습니다. 3개월쯤 모든 것을 놓고 집에 머물다 보니깐 세상이 다 보입니다. 시리아는 전쟁의 위협으로 불안에 떨며 살아가고 있습니다. 하늘 위로 새들이 날아다니고 해가 떠야 하는데 무기가 날아다니는 것은 옳지 못합니다. 땅 위로는 꽃들이 피고 사람들이 웃으며 평화롭게 살아가야 합니다. 인간들 마음속에 사랑이 없다면 우리는 아무것도 아닙니다. 북한은 우리와 같은 한 핏줄입니다. 나이가 들어갈수록 저도 모성애가 살아나는가 봅니다. 어찌 보면 북한 독재의 사상체제로 삶을 살아왔기에 그들은 가장 기본적이고도 인간적인 삶을 어떻게 살아가야 하는지를 구체적으로 알지 못합니다. 저는

믿습니다. 북한 사람들은 순박합니다. 사상이 다르게 훈련되어 살아왔을 뿐… 진정한 평화는 무엇일까요? 그들의 정신과 마음을 이해하는 것입니다. 저는 잠든 와중에 생각했습니다. 불균형의 경제 발전은 위험스러운 것 같습니다. 빈부 격차가 심해지니깐 말입니다. 북한은 아파트를 건립하여도 굴뚝이 있습니다. 연료를 석탄으로 쓴다고 합니다. 내부 구조도 아궁이가 있다고 합니다. 겨울에는 김장 김치도 담가서 먹는다고 합니다. 그러나 수도관 시설, 전기공급이 부족하여 물을 양동이로 나른다고 합니다. 전기는 부족하여 엘리베이터가 멈출 때가 많다고 합니다. 북한의 밭은 허허벌판입니다. 가난한 북한 주민의 아이들은 밖에서 쭈그리고 앉아서 밤을 지새운다고 합니다. 동사로 죽어가는 이들도 많겠죠. 아이들은 식량 배급의 부족으로 영양실조로 죽어가고 있습니다. 카지노에서 도박으로 올바르지 못한 외화벌이 부모 없이 길거리를 방황하는 10대 소녀들은 성매매로 죽어가고 있습니다. 이들에게 식량을 퍼 주면 중간매매인들이 다 가져갑니다. 저는 생각했습니다. 식량을 거저 내주는 것보다 농사재배를 해서 그들이 먹고살 수 있도록 재배 기술을 더해주고 한동안은 원재료 씨앗을 주는 것. 그래서 북한 주민들이 직접 농산물을 재배해서 수확하는 기쁨을 가져다주는 것이 중요한 것 같습니다. 수도관 시설, 전기시설 설비에 도움 주기, 기술을 좀 나누어 주는 것, 북한 사람들도 두뇌는 참 좋을 것입니다. 그다음 중요한 정화조 시설, 화장실 설치, 시멘트 원자재는 국민 주머니에서 단 조금이라도 거두어서 도와주는 것 그리고 공동 목욕탕 시설 만들어 주는 것(함께 만들기) 청결은 아주 중요 하니깐요!

제가 생각하기로는 북한과 남한은 사상체계가 좀 다르게 성장해왔기에 생활을 도와주는 것이지. 사상을 함부로 건드리지 않는 것은 중요한 것 같습니다. 이것은 아래로부터 모두가 살아가는 방법, 자연스러움이 필요한 것 같습니다. 북한은 생활면이나 경제가 엄청나게 후진국에 속한다 해도 한 번에 완전한 시설은 위험하다고 봅니다. 북한 환경에 맞게 그들이 스스로 찾아갈 수 있도록 비록 조금은 늦더라도 이끌어주고 도와주는 것이 올바르다고 생각합니다. 석탄 재료가 풍부하면 그 재료를 활용하여 북한 주민들이 살아가는 방법을 찾아 주는 것 그래서 북한 주민들이 살아나는 것이 중요하다고 봅니다.

자연환경이 아름다워서 자연이 훼손되지 않도록 조심해야겠어요. 북한이나 남한은 푸른 나무를 많이 심어야 합니다. 전쟁을 위한 원자연구 무기개발은 어리석습니다. 먹고 살기도 바쁩니다. 단 한 번 태어났는데 남들이 살아 본 만큼 살아가야 하지 않겠습니까? 전쟁과 무기개발과 이웃을 비방하며 시간을 낭비

하는 것은 바보 같은 짓입니다. 역사가 올바르게 정돈되고 균형을 지으며 살아가는 것은 중요하다고 봅니다.

일본은 초, 중, 고 교과서까지 후손들에게 뿌리 없는 역사를 아이들에게 들먹이며 가르칩니다. 고집과 억지는 다릅니다. 독도가 자기 땅이라고 아래로부터의 역사가 아니라 허공에다 가상으로 지어두고 억지 부리는 것 같습니다. 호흡도 힘들고 숨쉬기가 힘듭니다. 역사는 생명이 흐르는 것입니다. 그런데 생명보다 아무것도 없는 죽음인 것 같습니다. 후손들이 위험합니다. 알맹이 없는 역사는 부서집니다. 저는 솔직히 일본도 이웃이기 때문에 진정으로 망하기를 바라지는 않습니다. 잘 사는 나라, 행복한 나라가 되었으면 합니다. 진정한 사랑을 찾고 품어주고 자라났으면 합니다. 이웃을 죽여가면서 억지 부리지는 말았으면 합니다.

세상 모든 이에게 주님의 평화가 있기를 기도드립니다.

2014. 1. 20.(월)

성녀 아가다의 동정 순교자의 기념일

하느님 성녀 아가다의 순교를 읽고 진정으로 감동을 받았습니다.

아가다의 뜻은 '선하다'라고 합니다. 15세라는 나이에세상의 박해로 인하여 육신이 만신창이가 된 아가다는 젖가슴을 칼날에 베이는 순간에도 하느님을 부정하지 않았습니다. 그러자 활활 타오르는 적쇠에 육신은 던져져 화형 되었습니다. 하느님은 무엇을 말씀하십니까? 마음이 아프고 눈물이 자꾸만 흐릅니다. 하느님은 완전한 선입니다. 그 선에 대항하는 인간의 본성은 어찌하여 이토록 잔인하고 악할까요? 화형에 처하는 그 총독조차 두려움에 떨었다고 합니다. 아가다가 그토록 아름다워서 총독은 결혼을 청해왔으나 거절하였다고 해서 보복으로 그랬다고 합니다. 아가다 성녀는 어릴 때부터 하느님께 봉헌하기로 마음먹은 이후로 그 정결을 지켰다고 합니다.

주님, 무엇이 선하고 무엇이 악하다고 말할 수 있습니까?

저는 남녀가 결혼하는 것을 두려워했습니다. 아기를 가지고 낳기까지요.

어찌 보면 이 세상에서 가장 무서워한 것은 아기였습니다. 그 길을 피해온 것은 저에게는 행복이었지만 삶의 바탕과 힘이 너무도 부족했습니다. 이 세상을 지탱하기에는요. 그곳은 죽음의 길이었습니다. 예전에는 예수님에 대한 사랑으로 고통을 이겨내고 내면과 외면의 투쟁하는 삶이었습니다. 여자가 아기를 낳고 살기 위해서는 생명을 잉태하기 위해서 죽음의 고비를 넘깁니다. 그리고 자식을 키우기까지 수많은 고통과 번민을 지니고 살아갑니다. 다른 반면에서는 독신의 길이든 수도자의 길이든 하느님의 부르심에 응답하는 그 사랑의 자세는 참 중요하다고 봅니다. 아직도 저는 인간의 이성으로 사랑하지 않을 때는 사랑이 무엇인지를 잘 알지 못하는 것 같습니다. 중요한 것은 사랑은 참 어려운 것 같습니다.

2014. 2. 5.(수)